断罪された悪役令嬢は、逆行して完璧な悪女を目指す

6

楢山幕府

TOブックス

目次

第六章 悪役令嬢は幽霊城にて試練に挑む

娼婦は黄昏時を語る ― 8
悪役令嬢は女の園に足を踏み入れる ― 15
夫人は前を見据える ― 38
悪役令嬢はチャリティーに参加する ― 49
悪役令嬢は潜伏する ― 70
悪役令嬢は幽霊城へ赴く ― 78
悪役令嬢は修道者になる ― 101
悪役令嬢は古城の血筋を知る ― 123
悪役令嬢はお姉様を頼る ― 135
悪役令嬢は幽霊の真相に辿り着く ― 144
悪役令嬢は刺繍の会に参加する ― 154
伯爵夫人は未来の王太子妃と出会う ― 178
悪役令嬢は司祭の訪問を受ける ― 191
幽霊は生け贄を求める ― 199

悪役令嬢は夜会に出席する　203
王太子殿下は婚約者をダンスに誘う　220
悪役令嬢は幽霊と対峙する　224
悪役令嬢は二人の母を得る　239
悪役令嬢は墓参りに訪れる　253
悪役令嬢は懇親会に招かれる　257
暗殺者は異母兄弟と交渉する　273
少年探偵は公爵令息の相談に乗る　285
あとがき　296
コミカライズ第四話試し読み　299

ハーランド王国

娼館の客

求婚

婚約者

溺愛

友人（弟のような存在）

娼館の先輩

専属侍女

シルヴェスター

本作のヒーローであり、王太子殿下。
現時間軸ではクラウディアと婚約式を挙げた。
明晰冷徹だが、独占欲が強い。

クラウディア

この物語の主人公であり、公爵令嬢。
異母妹にはめられ娼館へ行き着くも、
先輩娼婦のヘレンの死をきっかけに時間を逆行。
完璧な悪女（淑女）を目指している。
ローズとして犯罪ギルドのトップも兼任。

ヴァージル

クラウディアの兄。逆行前は断罪したが、
現時間軸では、クラウディアを可愛がる。
社交界では氷の貴公子と呼ばれている。

ヘレン

クラウディアの心のお姉様。元伯爵令嬢。
逆行前は先輩娼婦だったが、
現時間軸では
クラウディアの専属侍女に召し抱えられる。

……※逆行前の関係　――※現時間軸の関係

バーリ王国

レステーア

ラウルの側近だが、
クラウディアに命を救われ、
ハーランド王国の諜報員となる。

主従

ラウル

隣国、バーリ王国の王弟。
前時間軸ではクラウディアの客だった。
現在はハーランド王国に留学中。

アラカネル連合王国

スラフィム

連合王国の第一王子。
シルヴェスターとは友人関係。
クラウディアに協力的。

ルキ

スラフィムの生き別れた双子の弟。
犯罪ギルド「ドラグーン」のメンバー。
ローズの手足となって動く。

婚約者候補

ルイーゼ

シルヴェスターの婚約者
候補の一人。
王族派の侯爵令嬢。

好意？

トリスタン

シルヴェスターの気のおけない友人で、
将来の側近候補。

友人（側近候補）

シャーロット

シルヴェスターの婚約者
候補の一人。内気で
胸の大きさを気にしている。

ブライアン

化粧品を取り扱うエバンズ商会の嫡男。
貴族派の男爵令息。
クラウディアを女神と崇めている。

イラスト　えびすし

デザイン　Veia

第六章

悪役令嬢は幽霊城にて
試練に挑む

娼婦は黄昏時を語る

人の顔が見分けられなくなる黄昏時《たそがれどき》。
空ではオレンジ色と青色が手を取り合っていた。
しかし束の間、目を離した隙に濃紺が全てを塗り潰す。
少年は焦った。
友だちと遊ぶのに夢中で、すっかり帰るのが遅くなってしまった。
暗くなる前に家へ帰るよう、母親からは厳しく言い付けられている。
約束を破れば、雷が落ちるばかりか、しばらく遊びに行かせてもらえなくなる。
まだ明るいと思っていたのに、失敗した。
ひんやりした秋風が頬を撫でる。
走る少年に合わせ、土がじゃりっと音を立てた。
王都の中心街とは違い、郊外には街灯が設置されていない。
母親が口を酸《す》っぱくして注意するのも当然で。
夜になれば、人の顔どころか、全ての境界線が曖昧になる。
せめてまだ道が見分けられるうちに。

走っては、疲れて歩き、また走っては、疲れて歩くのを繰り返す。

そしてある地点で少年は選択を迫られた。

家への近道。

でも、いつもなら使わない道だった。

別に通るのを禁じられているわけじゃない。

修道院の敷地を突っ切る形になるが、壁や柵があるわけでもなく、誰でも通るのを許されていた。

それでも遠回りしていたのは、修道院として使われている石造りの古城が原因だった。

特に人が入っていない城壁塔は、昼間でも陰鬱としていて、どうも人が来るのを拒んでいる気がするのだ。

出る、という噂もある。

だから避けていた。

遠回りになっても、家へ続く道は他にもある。通りに面した城壁塔へ近付く必要はない。

けれど、今は。

緊急だった。早く帰りたかった。

薄暗いものの、まだ視界ははっきりとしている。

真っ暗になる前とあとでは、母親の怒り具合に差が出るのは歴然だ。

後者は避けたい。

ならば答えは一つ。

一気に駆け抜ければ大丈夫だろうと、少年は息を整える。
深呼吸をし、走る体勢へ。
いざ！
地面を蹴り、前屈みになる。
左右の腕を振って、前へ、前へ。
ぐんぐん過ぎ去る石造りの景色が、少年を後押しした。
なんだ、なんてことないじゃないか。
今まで何を怖がってたんだ。
これからは臆《おく》せず近道を通ろう。そしたら友だちと遊べる時間も長くなる。
少年に考える余裕が生まれた刹那《せつな》。
視界の端に、白い人影が映った。
思わず速度を落としたのは、その人影に違和感を覚えたからだ。
黄昏時、離れた人の顔が判別できないのは当然として。
何に引っかかったのか、すぐに答えを出せない。
ぼんやり青白く見えるのは、服装のせいだろうか。
髪の長い人だった。
ゆらゆらと足下がおぼつかない様子で歩いている。
今にも倒れてしまいそうだ。

助けたほうがいいかな？
幸い、ここは修道院の敷地内で、城壁塔以外の建物には誰かしら修道者がいる。
人を呼んでくる、という手もあった。
そういえば、はじめて見る人だ。
修道者ではない。教会のローブを、白い人は着ていなかった。
背中まで伸びる長い髪が振り子のように揺れている。
ゆらゆら、ゆらゆら。
違和感の正体は、その人の歩き方にあった。
足を踏み出しているように見えないのだ。
まるでどこかにぶら下がっているような、そんな揺れ方をしながら進んでいる。
下手な人形遣いが、人形の手足に付けた糸を操っているみたいに。
ゆらゆら、ゆらゆら。
あぁ、そのほうが、まだマシだった。
規則的な揺れに気付いた少年の足は、完全に止まっていた。
心臓が早鐘を打ち、こめかみに脂汗がにじむ。
緊張で吐きそうだった。
最初は長い髪に覆われてわからなかった。
揺れる人の首が、不自然に伸びていることに。

首を支点にして、体が揺れていることに。

いつか、ぬいぐるみの首を持ったときのことを思いだす。

揺れが酷似《こくじ》していた。

けれど、目の前の人は、ぬいぐるみじゃない。

そう。

いつの間にか。

目の前にいた。

手を伸ばせば届きそうな距離に、髪の長い人がぶら下がっている。

恐怖で喉《のど》が張り付き、叫びは音もなく消えた。

顔を見上げる勇気なんてない。

足が、全身が、震えていた。

ガチガチと歯が鳴る。

寒い。

怖い。

きゅうっと胃が縮こまり、目尻に涙が浮かぶ。

やっぱり遠回りすべきだった。出る、と知っていたのに。そんな後悔は、何の役にも立たない。

青白く見えたのは、血の気がなかったからだった。

人であって、人じゃなかったから。

死んで、いるから。

長い髪が少年の鼻先で揺れる。

どんどん、迫ってきていた。

いっそ気を失えたら、そう思うのに、感覚は鋭敏で。

逃げられない。

遂には少年の頬にぬるりと湿った長い髪が当たり――。

声にならない絶叫が、全身にこだました。


赤いベルベットの絨毯《じゅうたん》に、ゆらり、と長い髪の陰が落ちる。

正体がわかっていても、か細い悲鳴が部屋中に響き渡った。

長い髪の主が、ゆっくり口を開く。

「叫びは恐怖におののく少年のものだったのか、人ならざる者のものだったのか……。気付いたときには、少年は泣きながら家の前にいたそうよ」

その後も、何か訴えたいことがあるのか、修道院の周辺では髪の長い幽霊が夜な夜な彷徨い歩いているという。

ミラージュが話を締めくくると、娼館「フラワーベッド」の遊戯《ゆうぎ》室に、溜息にも似た声が広がった。

「少年が無事に家へ帰られて良かったです」

語り手であるミラージュを中心にして扇状に集まった娼婦たちの一人、マリアンヌが頬に手を添えてしみじみと呟く。

瘦身《そうしん》の彼女が鎖骨《さこつ》で切り揃えた髪を揺らすと、場の雰囲気に儚さが増した。

他の娼婦たちも感想を言い合いながら腕をさする。部屋が寒く感じられて仕方ないようだ。

幽霊が目の前にいた瞬間がもうダメ！　と涙を浮かべる娼婦を見て、ミラージュは得意げに波打つ緑色の長い髪をかき上げる。

「ママ、怪談だけで食べていけるんじゃない？」

「お姉様とお呼び！　そうさね、需要があるなら商売にできるだろうけどね」

娼婦の最年長であるミラージュは、他の娼婦たちにとってママのような存在だった。

客の前では丁寧な口調だが、こうしてプライベートだとサバサバして面倒見の良いところが拍車をかけている。今し方おこなった怪談も、皆の退屈しのぎだ。

しかし本人は最年長であることを否定し、後輩たちにお姉様と呼ぶよう譲らない。

けれど後輩たちは、敬愛を込めて彼女をママと呼ぶ。

「地域ごとの怪談を集めたら、結構な数になりそうですね」

今回の舞台は王都郊外だったかしら、とマリアンヌが首を傾げる。

「あってるよ。郊外は古い土地も多いから、曰《いわ》くには事欠かないのさ」

ハーランド王国の建国当初、周辺の地域は豪族が支配していた。

数多の豪族を併合して、今のハーランド王国は成っている。

怪談の中には、豪族が支配していた時代からのものもあった。

「さっきのところだと、髪の長い霊の他に、生け贄を求める霊なんてのもいたりね」

「どこでそんな古い話を集めてくるんです？」

「勝手に集まって来るんだよ。ほとんど客から聞いた話さ」

「既に怪談に取り憑かれているのかもしれませんね」

マリアンヌの言葉に、他の娼婦たちがキャー！　と騒ぎ立てる。

「ママ、いつか祟《たた》られるんじゃない？　怖くないの？」

「お、ね、え、さ、ま！　別に怖くはないね。あたしは、幽霊より実在する人間のほうが怖いよ」

人間のほうが、その言葉には重い響きがあった。

娼館が国の管轄になり、環境が整備されつつあるといっても娼館は娼館。

ここへ行き着くまでに辛酸《しんさん》を舐めた者がほとんどだった。

ミラージュ自身は貧民街の出身である。

だからか、先ほどまでは幽霊を怖がって叫んでいた娼婦たちも、誰一人として反論することはなかった。

悪役令嬢は女の園に足を踏み入れる

いよいよね、とクラウディアは馬車の中で背筋を伸ばす。

今日は既婚者だけが集まるお茶会に招待されていた。

招待客は、当主の妻や次期当主の妻に限られる。

まだ未婚のクラウディアに参加資格はないが、王妃の兄嫁であるパトリック夫人から予行練習にとお声がかかった。前もって既婚者の知人を作る場を設けてくれたのである。

本来なら母親が手引きすることだ。

しかし実母が他界し、継母の力が十分とはいえない状況のクラウディアにとっては、難しい話だった。

（リリス様も頑張っておられるけど）

社交界の目は厳しい。

一代男爵の娘という生まれが足を引っ張っていた。

今はリンジー公爵夫人よ、と強気でいられたら違ったかもしれないが、リリスは押しの強い性格ではなかった。公爵家に入ったのも、父親が強行した結果だ。

そんな父親の両親——クラウディアにとって父方の祖父母は、兄のヴァージルが産まれた直後に早逝《そうせい》している。元々祖母は体が弱く、後継者の誕生を聞いて安心したかのように眠りについたという。祖父は祖母のあとを追うように亡くなったと聞いている。

母方の祖父母は健在だが、夫が平民同然の女性と浮気するのを止められなかった母親をなじるような人たちだった。クラウディアの婚約を機に近付いてきたものの、交流は最低限に留めている。

（父親が健在なだけマシ、といったところかしら）

娘からすれば思うところのある父親であっても、社会的には頼れる人だ。

シルヴェスターの婚約者でいられるのも、公爵の娘であるからだった。身分がなければ、どれだけ器量が良くても話にならない。

（お茶会は、王妃殿下が手を回してくださったのでしょうね）

王妃の兄嫁であるパトリック夫人とは、式典などで挨拶を交わした程度の面識だった。

歳は四十二で、王妃のいとこにあたる。

気になるところもあるが、機会を与えられたのは有り難かった。

令嬢たちとのお茶会は数え切れないほどしている。

けれど夫人たちのお茶会は、似て異なるものだ。

情報収集という面では同じだが、集めた情報を自分のために使う令嬢に対し、夫人は夫、ひいては嫁いだ家のために使う。それが回り回って、自分の立場を確固たるものにするからだ。

慣れるには場数を踏むしかない。

夫人たちのお茶会は、逆行前の人生を合わせても、クラウディアには未開の地だった。


会場となるサンセット侯爵家の屋敷に到着する。

王妃の生家であるサンセット侯爵家では、まだ父親が当主を務めていた。嫡男である王妃の兄、パトリックは次期当主という身分だ。

夫が爵位を継いでいる場合、夫人は家名で呼ばれる。

まだの場合は夫の名前で呼ばれるため、王妃の兄嫁は「パトリック夫人」が現在の呼称で、夫が爵位を継げば「サンセット侯爵夫人」へと替わった。

馬車から降りると秋の花々が色付く庭園へ通される。

温かい日差しの間を涼やかな風が通り抜け、甘い蜜の香りが鼻腔《びこう》をくすぐった。外でお茶会を開催するにはちょうどいい時季だ。

クラウディアは主催者であるパトリック夫人と挨拶を交わす。

「リンジー公爵令嬢、ようこそおいでくださりました。こうして親しい者だけが集まる場で、お会いできて嬉しいですわ」

パトリック夫人は長い鈍色《にびいろ》の髪を後頭部でまとめていた。

王妃を倣《なら》ってのことだろう。活動的な王妃は髪をまとめていることが多く、夫人たちの間で流行っていた。ヘアスタイルに凝《こ》る人は、盛り髪にしたりもする。

お茶会ということもあって華美さは控えめだ。

夫人のドレスは粉雪色で慎ましく、それでいて胸元に大きく入った刺繍が華々しい。

すっきりとしたデコルテが骨格の良さを窺わせた。

ベージュの瞳が弧を描く様は、キツネを連想させる。

「本日はお招きいただきありがとうございます、パトリック夫人。わたくしも、お会いできるのを楽しみにしておりました」

まだ未婚であるクラウディアは、招待客の中で一人だけ髪を下ろしていた。夫人たちの流行りを令嬢が踏襲するのは、あまり良くないとされている。

それでも毛先が広がり過ぎないよう、編み込みでハーフアップにしていた。

エッグシェルブルーのドレスは、銀の刺繍が光沢感を与え、アクセントに金色が用いられているが、全体的に見ると派手さはない。

袖と胸元に付けられたリボンだけが若者らしい。

お茶会の招待客は母親と同世代か、それより上だ。

若さが嫌みにならないよう、配慮したデザインだった。

（あまり意味はなさそうだけれど）

クラウディアがどんな装いをしていても、この場にいる夫人たちは気に入らないだろう。

笑みの中に隠された冷ややかな視線に、早くも状況を察する。

この場には好意など、かけらもないことに。

一見すると穏やかなお茶会である。

会場のセッティングも細部にまでこだわりが見られ、素晴らしかった。

クラウディアの席は、上座にいるパトリック夫人から見て斜め右と近い。

これは夫人自らクラウディアの様子を観察するためだろう。

「幼くして母親を亡くされ、苦労されたことは皆、存じておりますわ。その上、後妻が平民ともなれば、後ろ盾がなく、さぞ心細いことでしょう」

ぜひわたくしたちを頼ってくださいね、とパトリック夫人が口火を切る。

クラウディアに寄り添うフリをしながら、継母であるリリスをけなすのが本題だ。

まずは責めやすいところから、というのが見え透いていた。

「お気持ち、有り難く存じます。至らない娘ではありますが、これからもお義母様《かあさま》と手を取り合い、邁進《まいしん》していく所存ですわ」

微笑みながらも毅然とした態度で答える。

同意し、よろしくお願いしますと目を潤《うる》ませれば、夫人は満足しただろうか。

けれどリンジー公爵家の者として、彼女の言葉は認められなかった。

血は繋がっていなくとも、リリスは家族であり、歴《れっき》としたリンジー公爵夫人だ。リリスを否定することは、家そのものを否定することに繋がる。

「リンジー公爵夫人はさぞお喜びになるでしょうね。出来た娘まで手に入ったんですもの」

パトリック夫人の言葉に、すかさず招待客から合いの手が入る。

「どうでしょう？　私なら娘が完璧だと、逆にプレッシャーを感じてしまいますわ」

クラウディアへ向けられた視線は、どちらも可愛げがないと語っていた。

お茶会の招待客は、王族派の夫人ばかり。

予想はしていたし、少し引っかかりも覚えていた。

何せ、クラウディアが将来王妃になれば、今のサンセット侯爵家に替わって、リンジー公爵家が台頭することになる。

リンジー公爵家と繋がりが深いわけでもないサンセット侯爵家にしてみれば、面白くないはずだ。

王妃の生家という立場で得ていた利益を失うことになるのだから。

クラウディアに対し、良い印象を持っているとは言いがたい。

それでも参加したのは、パトリック夫人がどう出るか確証がなかったのと、これもお妃教育の一環だと考えたからだ。

婚約者であると公式に発表されてから、リンジー公爵令嬢ではなく、王太子の婚約者としての仕事が増えた。

お妃教育も内向きのものから外向き、外交に関することが増え、勉強をする場所も屋敷から王城へと移っている。

（王妃殿下の考えがどこにあるかは、まだわからないけれど）

令嬢のときとは違い、王太子妃になれば、好意的な場だけに参加するとは限らない。

今日のお茶会がどういうものであっても、経験が得られるのは確かだった。

（ここまで典型的な嫌がらせを受けると、逆に新鮮だわ）

記憶に残っているのは異母妹ぐらいである。

完璧な淑女として名が通り、身分も公爵令嬢となれば、表立って手を出してくる人間は存在しなかった。

手の中にあるカップを見下ろす。

揺らめく水面は濃い琥珀色だった。香りから察せられる茶葉では本来あり得ない色だ。口にすれば予想通り、渋みが舌を刺した。

わざとクラウディアのお茶だけ、渋くされていた。

夫人たちの目が好奇に染まっているのを感じる。表面上は和やかな笑みを浮かべていても、腹の中では嘲笑《ちょうしょう》しているのが察せられた。

(王妃殿下もご承知の上、なのよね)

足並みを揃える必要がある両者の間で、例外的な行為をパトリック夫人が無断でするわけがない。

これには王妃の意図も含まれている。

考えをまとめながら、そっとカップを置き、クラウディアは口を開く。

「こちら、どうやら手違いがあったようですわ」

「まぁ！　クラウディア嬢のために取り寄せたものだったのですが、お口に合わなかったようですわね」

待ってましたと言わんばかりに、パトリック夫人は眉尻を下げる。

周りでは口々に、夫人の親切を無下にするなんて、と非難が飛び交った。

(もし本当に使用人が毒でも入れていたらどうするのかしら)

万が一を心配しない人間だからこそ、こういった嫌がらせができるのだろうけれど。

――味方が誰もいない状況で、一斉に責められる。

普通の令嬢なら、耐えられないかもしれない。気の置けない友人たちとしか、お茶会をしたことがなかったら。

しかし、クラウディアにはこの嫌がらせがどういった類いのものか見当が付いていた。

（悪質なのは、パトリック夫人に気を遣って沈黙を選んでも責められることよね）

その場合、手違いがあったと侍女が報告に来る。そしてお茶が渋くなっているのに気付かないほど、味音痴《あじおんち》なのかとなじられるのだ。

どんな反応をしても口撃の対象になり、何かと有用なため、古くからよく用いられる嫌がらせだった。

対処法はない。

（だからといって泣き寝入りするつもりもないわ）

クラウディアは物憂げな表情をつくり、夫人たちの期待に応える。

既婚者のコミュニティにおいて、まだクラウディアは新参者だ。シルヴェスターですら、議会では未熟者として扱われる。

まだ社会に慣れていない若者に対し、大人たちはこぞって「大人の社会」における礼儀を教えようとした。自分たちにだけ都合が良いように。

（『シルは、しっかり躾《しつ》けた』と思っているのでしょうね）

だから、今度はクラウディアの番、ということだろう。

目尻を下げながらも、クラウディアはしっかりと口を開く。

「パトリック夫人のお気遣いに感謝致します。きっと侍女が茶葉を蒸らす時間を勘違いしたのでしょう」

「我が屋敷の侍女が、無能だとおっしゃりたいのかしら？」

「いいえ、どれだけ優秀な侍女でも間違うことはありません。どうかパトリック夫人の寛大《かんだい》なお心でお許しくださいませ」

焦点を自分から侍女へ移しながら、夫人が口を開く前に言葉を続ける。

「この爽やかな香りと色を見たらわかります。春の雨で目覚める、希少な新芽をご用意くださったのですね」

紅茶は同じ茶葉でも、収穫時期によって風味や色が変わるものがある。

今回用意されたお茶はその代表格だった。

ファーストフラッシュとも呼ばれる、その年の最初に収穫された茶葉で淹れられたお茶は、本来なら白いカップの中で黄金色に輝く。

「パトリック夫人のご厚意に感謝いたします。嬉しいですわ、王太子殿下との婚約をこのような形で祝っていただけて」

離れていても、二人は常に共にあることを表現してくださったのですね、と目を輝かせて感激を伝える。

嫌がらせなど、なかったかのように。

切り返しが予想外だったのか、素直な反応を見せるクラウディアに、パトリック夫人は呆気にとられた。

我に返るなり、こほん、と一息つく。

「茶葉を見抜く技量はあるようですわね。けれど、その気の強さは軋轢《あつれき》を生みますわよ」

この嫌がらせが有用なのは、相手の行動で、性格も見抜けるところだ。

気の強い人間ほど、渋みを訴え、気の弱い人間ほど、押し黙る。

クラウディアはあえて前者を選んだ。

わざと弱々しく見せ、相手の隙を狙う方法もあるけれど、クラウディアの前評判は夫人たちも知っている。そもそも気の弱いだけの令嬢が、王太子の婚約者になれるはずがない。弱く見せたところで裏があると勘ぐられては意味がなかった。

（わたくしの反応は全て王妃殿下に報告されるでしょうし）

確固たる後ろ盾があるから、パトリック夫人も大きく出られるのだ。

クラウディアの選択は、夫人を通して、王妃へのアピールでもあった。

嫌がらせに屈する人間ではない、と。

パトリック夫人の言葉には反論せず、クラウディアは神妙に頷く。

「パトリック夫人のお言葉、しかと心に留めさせていただきます」

招待客たちがどんな風に責め立てても、夫人への敬意は常に忘れない。

クラウディアの行動は一貫していた。

（機会が与えられたことへの感謝は本物だもの）

思うようにことが運ばず、パトリック夫人はもどかしいようだった。

心情が手にある扇の揺れとなって現れる。

察した一人が夫人のケアに回る。クラウディアより、夫人の機嫌を回復させることを優先した。

「パートナーといえば、パトリック様の夫人への愛は、見ているこちらが照れそうになりますわ」

「ええ、羨ましい限りです！　長年連れ添って、再び燃え上がる愛なんて、夢のようですわ」

夫婦仲を褒める周囲の言葉に、パトリック夫人の頬が染まる。

キツネの顔に恋する少女の面を垣間見て、クラウディアは目を瞬かせた。

（事前情報と違うわね？）

クラウディアとて何の準備もなしに、知人のいないお茶会へ出席していない。

パトリック夫人の交友関係を調べ、招待されるであろう人物の背景を頭に入れてきた。

中にはパトリック夫妻についての情報もある。

（家庭を顧みない夫に、夫人は頭を悩ませているとあったけれど）

話を聞く限り、最近流れが変わったようだ。

再熱と言われているのを考えると、それまでは情報通りだったことが窺える。

「あの人ったら、今になって人目を憚らずに……もう若くないことを忘れているのではないかしら」

「何をおっしゃるんです、愛し合うのに年齢は関係ありませんわ！」

「そうですよ、夫人の献身が心を動かしたに違いありません！」

「クラウディア嬢は、一番に夫人を見習うべきですわね」

その一言で、外れていた視線がクラウディアに集中する。

隙なく微笑んで答えた。

「ぜひ。パトリック夫人の教訓をお聞かせください」

「そこまでおっしゃるなら仕方ないですわね」

夫に対し、妻がどうあるべきか。

語る夫人の姿から、どれだけ現状を喜んでいるのかが伝わってくる。

(可愛らしく感じてしまうのは失礼かしら)

容赦なく冷たい視線を浴びせもすれば、夫の愛に頬を染めるのだ。

温度差に風邪をひいてしまいそうだが、恋する女性の愛らしさは変わらない。

パトリック夫人も、クラウディアと同じく一人の人間だった。

おかげで心に余裕ができ、人知れず、ほっと一息つく。

それからも思いだしたように嫌みを言われたけれど、引き続き、クラウディアは悠然と対処できた。


帰りは、サンセット侯爵家の待合室で待機していたヘレンと合流して馬車に乗る。

基本的に上級貴族は侍女や護衛を連れて移動するため、お茶会では待合室が用意されていた。唯一の例外が王城だ。

「お茶会はいかがでしたか?」

「夜会への良い予行練習になったわ」

「と、いいますと……」

クラウディアの感想に、ヘレンが僅かに眉を寄せる。

まだ先の日程ではあるが、トーマス伯爵夫人から夜会の招待状が届いていた。

それがどういう意味を持つかヘレンも理解し、お茶会の内容が想像できたのだろう。

トーマス伯爵家は、クラウディアを含め、リンジー公爵家に反目する代表格だ。

婚約が公表されて間もないうちを狙って、機先を制する目論見なのは考えるまでもなかった。

（公の場で、わたくしを厳しくけなすつもりでしょう）

国の重鎮《じゅうちん》に位置するトーマス伯爵家からの招待だ。相手も断れないのをわかっている。

夜会のため、パートナー必須なのが救いだろうか。

「わたくしは大丈夫だから心配しないで。これらは乗り越えるべき壁よ」

全ての人間から好かれることなど、あり得ない。

いずれ、どこかで誰かと衝突は起こる。

お茶会にしろ夜会にしろ、事前に準備できるのは有り難かった。

「わたしにできることがあれば、何なりとお申し付けください」

「頼りにしているわ。そういえばパトリック夫妻は仲が良好なようよ」

どうやら夫であるパトリックが最近改心したらしいことを伝える。

「意外ですね。でも改心されたなら、夫人はさぞお喜びでしょう」

「ええ、幸せそうなお顔をされていたわ」

「その分、クラウディア様に対しても大らかになられていい気もしますけど」

「仕方ないわ。家の方針と私情は別だもの」

パトリック夫人の行動は、そのままサンセット侯爵家の意向を示している。

夫が次期当主ともなれば色はより濃くなった。

「トーマス伯爵夫人がお茶会に招待されていなかったのが、社交界の複雑さを表しているわね」

等しく王族派であり、クラウディア——リンジー公爵家に対し、否定的な立場の者同士であっても、関係性は様々だった。

「トーマス伯爵家からすれば、サンセット侯爵家の存在も面白くないんですよね」

「いつまで建国時の話を引き摺《ず》る気かしら」

リンジー公爵家と同様、トーマス伯爵家もハーランド王国の建国時から在籍している。

片やサンセット侯爵家は、当時、豪族の一勢力に過ぎなかった。

大陸の東にある港町グラスターで産声を上げたハーランド王国は、徐々に勢力を拡大して現在の形になった。

サンセット侯爵家は、その過程で併合された豪族の一つだ。

当時、王都のある大陸の中央部分がサンセット家の勢力範囲だった。ハーランド王国へ併合されるにあたり、サンセット家は領地の中央から東——三分の二ほどの広大な土地を献上することにより、侯爵を爵命する。

王都の北に位置するトーマス伯爵家の領地も、元はサンセット家の領地だった。後の功績により、伯爵の爵位と同時に王家から与えられたのだ。

「建国時から籍を置いていたトーマス伯爵家の自負と、王都を含む周辺地域を領地としていたサンセット侯爵家の自負は有名ですからね」

ヘレンがしみじみと語る。

元はサンセット家の領地に、トーマス伯爵領があることで、両家が何かと対立しがちなのは有名な話だった。

「王妃殿下が輿入《こしい》れされたときは、王都にあるべき人が戻ったと、サンセット侯爵家が喧伝《けんでん》していたぐらいですし」

「未だ過去に縋《すが》っているのかと、トーマス伯爵家は鼻で笑っていたわね」

「その点、昔から他家に左右されないリンジー公爵家はさすがです」

「時流を読むのに長けたご先祖様には感謝しかないわ」

リンジー公爵家、ルイーゼのサヴィル侯爵家などは、当時から広大な領地を持っていたことで、ハーランド王国の財政を建国時から支えてきた。

ちなみに公爵は、王家の姫が降嫁された際に爵命した。それまではサヴィル侯爵家と肩を並べる侯爵家だった。

リンジー公爵家にしろ、サヴィル侯爵家にしろ、ハーランド王国が大きくなると見込んで支援したからこそ、現在の地位がある。

王族派はあくまで今ある利権を守るために集まった勢力に過ぎない。

蓋を開けてみれば古くからの確執が、あちらこちらで見て取れた。

（歴史があるだけ、しがらみもある）

そんな貴族社会で、ヘレンが言う通り、平然と中立を守っているリンジー公爵家は、見る者によっては鼻につく存在だった。

特に建国時から籍を置くトーマス伯爵家にとっては。

おかげでクラウディアが領地境にある村に攫《さら》われた際も、救出に時間が取られる原因となった。

伯爵家の考えが変わらない限り、これからも壁として存在し続けるだろう。


リンジー公爵家の屋敷へ戻ると、継母のリリスがクラウディアを出迎えた。

リリスも今日のお茶会がどういったものか知っている。

自分の力不足で、クラウディアを手引きできなかったことも。

「お疲れ様です。パトリック夫人の印象はどうでしたか？」

「中々厳しい方でしたわ」

お茶会やパーティーであったことは、包み隠さずリリスと共有していた。

やっていることは普通の親子と変わらない。

話が長くなりそうなので、リリスと談話室へ移動する。

ヘレンには紅茶を淹れてもらうよう頼んだ。

お茶会で味わえなかった、ファーストフラッシュを。

談話室と呼んではいるけれど、正確には部屋というより談話スペースだった。

隣室の壁があるので区切られてはいるものの、廊下に面した部分には壁がない。

窓を横目に一人掛けのソファーが並び、両隣の壁に沿って三人掛けのソファーが置かれている。

季節柄、スペースの中央で火鉢が炭を赤く染めていた。

ほのかな温かみを感じながら、壁沿いのソファーへ腰を下ろす。リリスも隣に腰掛けた。

廊下側からは丸見えなので密談には向かない場所だ。

だからといって大声で話さない限り、会話の内容が漏れることもない。

着席と共に、紅茶が淹れられた。

（さすがはヘレン。完璧な黄金色だわ）

手元で揺らめく輝きに目元が緩む。

まずは香りを堪能し、次いで舌に広がる爽やかな風味を楽しんだ。

クラウディアからお茶会の話を聞いたリリスは顔を曇らせる。

「わざと渋いお茶を出して嫁の性格を判断する、というのは聞いたことがありますけど、実際はもっと和やかなはずです」

なぜなら、これから長い付き合いになるからだ。

元から気に入っていなかったり、確執があったりする場合は、そもそも性格を判断する必要がない。

とりあえず表面上は何事もなく終わらせるものである。

ちくちく小言が続いたのは、別の意図を感じさせた。

「王妃殿下が関与されているからでしょう」

「王妃殿下が……」

呟きながら、リリスは額を手で押さえる。

リリスが悩むのも無理はない。

先日、三人で顔を合わせたとき、王妃はクラウディアとリリスに好意的だった。

リリスなど所作が繊細で美しいと褒められたほどだ。

これはひとえに、リリスの努力の賜物《たまもの》だった。

実子であるフェルミナが修道院へ送られた当初は意気消沈していたリリスだったが、子どもの罪の責任は自分にあると、償いに力を注ぐようになった。

償いの主たるものは、クラウディアの足を引っ張らないこと。

生まれは変えられない。

だからリリスは、努力を重ねることでリンジー公爵夫人としての品位を保てるよう、教師を増やし、頭のてっぺんから足先に至るまで気を配り続けた。

そして自分の至らないところを全てクラウディアに打ち明け、情報交換を密にするようになった。

自分のせいで、クラウディアに恥をかかせないためだ。

その努力を王妃に認められたリリスは目を潤ませた。

(第三者、それも目上の方に認められるのは、感慨深いでしょうから)

クラウディアは折に触れて感謝を伝えながら、見守ることにしていた。

リリスにとっては償いが、生きる原動力の一つになっていたからだ。

加えて目標が定まっているほうがリリスは生きやすいようで、最近のほうが溌剌《はつらつ》としている。

「王妃殿下が短絡的な方でないことは確かですわ」

「そうですね、これも何かお考えがあってのこと……」

今すぐ答えが出るものでないとリリスも察し、居住まいを正す。

「わたしが言うのもおこがましいですが、無理はしないでくださいね。些細なことでも頼ってもらえると嬉しいです」

「おこがましいなんて、おっしゃらないでください。リリスさんのおかげで、助かってることも多いのですから」

リンジー公爵夫人が持っている権威に比べ、リリスの活動範囲は広くないものの、上手く立ち回ってくれていた。

クラウディアにとって有益であることが基軸なので、互いの行動に齟齬《そご》が生じないのも大きい。

リリスは気が強くないけれど、芯は強い人だった。

苦手なことを事前に打ち明けてくれたのも、決めたことからブレない、芯の強さからくるものだろう。

おかげでサポートもしやすかった。

「お父様もすっかり頭が上がらないと聞いていますわ」

「ふふ、外へ逃げないよう加減しておりますから、ご安心ください」

リリスにしてはダークな返しだった。

クラウディアの実母とそりが合わず、父親は外に愛人を作った。

手綱を握り、同じことは繰り返させないとリリスは言っているのである。

「とても頼もしいですわ！」

青い瞳を輝かせて賞賛すると、リリスはクラウディアさんのためですもの、と頬を染めて照れた。

談話室でリリスと分かれ、自室へ向かう途中でヘレンが口を開く。

「なんだかリリス様から同じ空気を感じました」

「同じ空気？」

「クラウディア様こそ、至高の主人！　という考え方ですね」

「レステーアみたいなことを言わないでちょうだい」

性格に難がある隣国の人間と、ヘレンが同じだとは思いたくない。

「わたしのほうが先です」

「対抗意識を燃やさないの」

「それはともかく、傍から見れば仲の良い親子ですけど、内側は主従関係に似ていると言いますか……」

「リリスさんからしてみれば、そちらのほうが近いでしょうね」

クラウディアを一番に考えてくれているのは、親としての目線からではないのだから。

償いが加われば、自ずとリリスは従う側になる。

そう口にするクラウディアに対し、ただ無味乾燥な贖罪だけではないと、ヘレンは語る。

「自分に課した義務を越えて、仕えることに喜びを感じておられるように見えます」

同じ思いを抱くからこそ、伝わってくるのだという。

「わたくしとしては、反応しづらいのだけれど」

「家庭内で頼りになる味方ができたと思われればいいかと。旦那様のことはリリス様にお任せしましょう」

「それについては異論ないわ」

ぜひともしっかり調教してもらいたい。

クラウディアは父親に対し、溜飲《りゅういん》が下がるのを感じた。

夫人は前を見据える

庭園を見渡し、パトリック夫人は満足げに頷いた。

お茶会の会場としてセッティングされた長机と椅子には、全て高浮き彫りと呼ばれる立体的な彫刻で蔓の模様が装飾されている。意味は繁栄や長寿。

そんな調度品と一体化するように庭園にも蔓が伸び、秋の花々が豪華に会場を彩る。

風が花弁を揺らし、香りを席にまで届けてくれるところまで計算通りだった。

夫人は扇を広げ、一時、庭園の世界観に浸る。

見事、としか言い様のない出来映えだ。

（他のご令嬢を招くのだったら、勿体ないぐらいだわ）

けれど今日、夫人が迎えるのは王太子殿下の婚約者であり、公爵令嬢。

彼女にしてみれば、これが普通であり、主催者がサンセット侯爵家の者であれば、会場の質が高いのも当然だった。

ハーランド王国内において、完璧な淑女と謳われ、令嬢たちから絶大な支持を得ているクラウディア・リンジー公爵令嬢。

(さて、彼女はどれだけ自分の「仮面」を保てるかしら?)

社交界では本性を隠すため、全員が見えない仮面を被っている。そして自分は仮面を被ったまま、いかに相手の仮面を剥ぎ取るかを競い合う世界だった。

クラウディアは改めて、その洗礼を受けることが決まっている。

(実母が存命でないのが痛いところね)

さらには継母の存在が足を引っ張っていた。名家の出身ならまだしも、平民と変わらない一代男爵の娘とあっては、話にもならない。

なぜ公爵は、自ら品位を落とす相手を選んだのか、夫人は理解できなかった。

(遊び相手ではなく、籍にまで入れるなんて)

信じられない。

学生時代、公爵に惑わされなくて良かったとつくづく思う。

(当時は陛下に次いで人気だったもの)

かくいう夫人は、子どもの頃からずっと夫一筋だ。

母親の早逝、父親の不義理にも負けず、王太子の婚約者の座を勝ち取ったクラウディアには素直に賞賛を贈りたい。

だからといって手心を加える気は毛頭ないけれど。

(社交界の厳しさを教えてさしあげなくてはね)

大人の世界を。

パンッと音を立てて、扇を閉じる。

何事も始めが肝心だ。


「本日はお招きいただきありがとうございます、パトリック夫人。わたくしも、お会いできるのを楽しみにしておりました」

クラウディアとは初対面ではない。

夜会などで挨拶する機会は幾度となくあった。

だというのに。

なぜか今回に限って、王妃であるアレステアとはじめて会ったときのことが思いだされる。

サンセット侯爵家を象徴する金髪と紫目を持つ、愛らしい少女アレステア。

大人たちはこぞって、きまぐれな神が遣わした天使だと褒め称えた。

いとこだと紹介されても、信じられなかったぐらいだ。

幼かった夫人——エリザベスは、無意識に鈍色の髪を握りしめるほど、コンプレックスを刺激された。

（どうして、わたくしの髪色はこんななの？）

黒になりきれない灰色。

銀にはほど遠い、ねずみ色。

幼心に不満を募らせ、両親をなじったことさえある。

古傷がうずくような感覚がし、夫人は意識を切り替えて目の前のことに集中する。

如才《じょさい》ない姿で佇《たたず》む、艶《つや》やかな黒髪の麗人《れいじん》。

一歩間違えば下品に見えてしまうエッグシェルブルーを着こなし、背伸びすることなく令嬢としての品位を保っている。

頭の隅に追いやった記憶が呼び起こされたのは、気の強そうな青い瞳のせいだろうか。

天使と称され、持て囃《はや》されていたアレステアも、兄以上に強い意思を紫目に宿していた。

「お気持ち、有り難く存じます。至らない娘ではありますが、これからもお義母様と手を取り合い、邁進していく所存ですわ」

（可愛げのないこと）

凛《りん》としたクラウディアの答えに目を細める。

ここで擦り寄ってくれれば話は早いのに。

それはそれで、簡単に庇護を求める人間が、王太子の婚約者に相応しいとは思えないけれど。

（リンジー公爵家のご令嬢としては正答でしょうね）

継母とはいえ、今はリンジー公爵夫人である。

彼女を貶《けな》すことは、自ら公爵家を貶すのと同義だ。

(まだ序の口よ)

本番はこれから。

(しっかりと本性を見極めてさしあげるわ)

渋いお茶で相手の出方を見る嫌がらせは、夫人になれば誰もが経験するものだった。

姑《しゅうとめ》が嫁の性格を確認する方法として用いるからだ。

大体の場合は、姑の頼みを聞いた友人が実行する。

今回は、より難易度が高く設定されていた。

(さすがのクラウディア嬢も、平静でいられないでしょう)

クラウディアがカップに口を付けるのを見守る。

「こちら、どうやら手違いがあったようですわ」

「まぁ！　クラウディア嬢のために取り寄せたものだったのですが、お口に合わなかったようですわね」

すぐに反応するのは予想済みだった。

耐え忍ぶような性格でないことは周知の事実だ。

(前トーマス伯爵相手にも、面と向かって抗議したぐらいだもの)

自分の祖父と変わらない年齢差にも物怖じせず口を開く姿は、夫人たちの間でも話題になった。

だからこそ、手を緩める気はない。

パトリック夫人に続いて、招待客たちも口々にクラウディアを詰《なじ》る。

この場に味方が一人もいないと知った心境はどんなものだろう。

同じ嫌がらせが用いられる場でも、そのあとの展開は様々だ。性格に難がないと認められれば、種明かしされ、和気藹々《あいあい》とお茶会が終わる場合もある。

パトリック夫人は、徹底的に責めるよう、友人たちに頼んでいた。

ちょっとしたことでは動じないと踏んだからだ。

(誰もが無条件でかしずくと思ったら大間違いよ)

身分だけでいえば、公爵令嬢であるクラウディアがこの場では一番高い。

しかし帰ってから父親に泣きついても、父親はどうすることもできなかった。

ここは女の園。

男性が、女性だけの場に介入するのは御法度とされる。

加えて抗議したくても、リンジー公爵がパトリック夫人を責めるのは悪手だ。

誰がどう見ても、夫人の後ろには王妃がいる。

実際、お茶会の様子は全て報告することになっていた。

まだ王妃が力を持っている時点で、王妃を敵に回すようなことはできない。

令嬢時代は身分だけを気にしていれば良かった。裏にある関係性を読み取れなくても、親がフォローしてくれるからだ。

けれど、それも親元にいる間だけ。

親元を離れたあとは、自分の力だけで上手く立ち回らなくてはならない。

時に社交界では、身分以上に関係性が重要になってくる。

誰と誰が、どの家が繋がっているのか理解できていなければ、呆気なく居場所を失ってしまう世界だった。

クラウディアは聡い令嬢だ。

だからこそ、自分の置かれた状況を正確に理解しているだろう。

ただただ一方的に責められ、逃げ場もないことを。

眉尻を落とすクラウディアの姿に、こんなものか、と思う。

完璧な淑女と評されていても、それは「令嬢」という枠組みに収まったもの。

簡単に仮面は外れてしまうのだ。

まだ導き手が必要な子どもであることに笑みが浮かぶ。

開いた扇を揺らせば、庭園で咲き誇る花々の香りが届いた。

(上下関係を教えてあげましょう)

王太子の婚約者になったことで舞い上がっている頭に冷や水を被せる。

所詮は王妃の「下」に過ぎないと。

この関係性は、彼女が王妃になっても不変である。シルヴェスターの母親は、アレステアに他ならないのだから。

（嫌みな子ね）

反射的に、そう思った。

悲しみを浮かべるクラウディアが、あまりにも可憐《かれん》だったから。

長い睫毛《まつげ》が震え、潤む青い瞳に罪悪感を覚える。

頭に過《よぎ》った言葉も忘れて、白い頬を両手で包み、慰めたい衝動に駆られた。

いつの間にか、友人たちの口撃も止んでいる。

静かになった場で、クラウディアの声が明朗と響いた。

「パトリック夫人のお気遣いに感謝致します。きっと侍女が茶葉を蒸らす時間を勘違いしたのでしょう」

「我が屋敷の侍女が、無能だとおっしゃりたいのかしら？」

「いいえ、どれだけ優秀な侍女でも間違うことはあります。どうかパトリック夫人の寛大なお心でお許しくださいませ」

許すも何も、侍女は間違っていない、と言い切るべきだろうか。

けれどお茶が渋いのは事実なのだ。

一瞬の迷いを、クラウディアは見逃さない。

先手を取られて閉口する。

「パトリック夫人のご厚意に感謝いたします。嬉しいですわ、王太子殿下との婚約をこのような形で祝っていただけて」

頬を染め、感激を伝えるクラウディア。

嬉しそうな表情は純粋無垢《じゅんすいむく》だった。

（なん、なの……？）

演技しているようには見えないクラウディアの反応に、背中が粟立《あわだ》つ。

いや、演技だとしても。

（その余裕は、どこから来るの？）

彼女の仮面を外したつもりでいた。

普通ならあそこで気落ちする。

身分に守られてきた令嬢なら尚更。この場にいる全員から非難されるなんて、はじめての経験だろう。

だというのに、クラウディアは全く動じていなかった。

（あり得るの？　こんな……）

「パトリック夫人のお言葉、しかと胸に留めさせていただきます」

真摯な姿勢を保つクラウディアに薄ら寒さを覚える。

彼女に王妃アレステアが重なって見えた。

最初は整った容姿から王妃が想起されたのだと思っていた。

（違う、既に淑女として完成されていたからだわ）

大人による教育を、クラウディアは必要としていなかった。

（今年学園を卒業したばかりよね？）

夫人だけの集まりに顔を出したことはなかったはずだ。

だというのに、クラウディアの対応には隙がない。

理解の範疇《はんちゅう》を越えていた。

不可解さに戸惑う心を鎮めてくれたのは、友人だった。

「パートナーといえば、パトリック様の夫人への愛は、見ているこちらが照れそうになりますわ」

最近、態度を改めた夫の話題で我に返る。

パトリックの熱い視線を思いだすと、令嬢時代に戻った気がした。

ずっとコンプレックスだった鈍色の髪。

ねずみのようだと、一番に否定してきたのは他でもないパトリックだった。

サンセット侯爵家では血筋が重んじられ、基本的に親戚の中から婚姻が結ばれる。

侯爵家を象徴する金髪と紫目を持った兄パトリックと妹アレステア。

いとこにもかかわらず、そのどちらの色も持ち合わせていない自分。

劣等感が募る一方で、パトリックへの憧れも膨らんでいった。

パトリックは興味なさそうだったが、親戚の中で歳が近いのはエリザベスしかいなかったため、自然と婚姻の話はまとまった。

四年前、念願の嫡男を授かり、産まれてきた子が金髪に紫目とわかったときは心から安堵した。

もし自分と同じ鈍色を継いでいたらと思うと、生きた心地がしない。

ただでさえ夫の態度は冷ややかだというのに。

それが、突然変わった。

以前は視界に入るのも嫌そうだった鈍色の髪を手に取り、口付けるようになったのだ。

「今までの非礼を詫びたい。私は真実が見えていなかった」

謝罪までされ、混乱は極みに達した。

最初は浮気を疑ったものの、そもそも浮気したところで釈明する人ではなかった。

きっかけが何だったのかはわからない。

訊きたくても、訊いたが最後、この夢が覚めてしまうのではないかと怖くてできずにいる。

(大丈夫、きっときまぐれな神様に願いが届いたのだわ)

大きく変わったのは自分への態度だけだった。

屋敷に帰って来ない日があるのは相変わらずだ。

その変化の少なさが、逆に安心材料になっていた。人が変わったようでも、パトリックの本質は変わっていないとわかるから。

加えて、この歳で毎晩求められてしまったら体がもたない。

(もっと君の子が欲しいだなんて、あの人ったら)

つい、夜のことまで考えてしまい、頬に熱が溜まる。

これではダメだと、カップに口を付ける。

クラウディアが評したように、春摘みの茶葉は爽やかな風味を届けてくれた。

（一言一句、残さずお伝えしなければね）

王妃なら違った見方や、あしらい方を思いつくかもしれない。

昔からアレステアは、何歩も自分の先にいた。

彼女の全てが羨ましかったのは、もう過去のこと。

殊勝《しゅしょう》な態度を崩さないクラウディアを見る。

（きっと隠れてレッスンを受けていたに違いないわ）

公爵家なら、人知れず教師を呼ぶことも可能だ。事前にいくつも対応を検討していたに違いない。

そうでなければ、希代《きだい》の才女か悪女のどちらかだろう。

人を虜《とりこ》にする点では、どちらも差異がなかった。

悪役令嬢はチャリティーに参加する

「私の婚約者は今宵《こよい》も美しいな」

夜にもかかわらず、眩しそうにシルヴェスターが目を細める。

しかし馬車を背にして、そう口にする本人も負けてはいない。

星をちりばめた紺のドレスを着るクラウディアに対し、シルヴェスターもコンセプトを合わせたスーツを着ていた。

輝く星に見立てた宝石と一緒に、銀髪が夜空を飾る。

「ありがとうございます。他でもない、シルの心を射止められたなら本望ですわ」

「どれだけ私を虜にする気だ？」

正面からの熱い視線にくすぐったさを覚えながら、クラウディアはシルヴェスターの手を取り、王家の馬車へ乗り込んだ。

指先から伝播《でんぱ》した熱が、頬を彩る。

あとを追ってくる視線。

答えるように顎を上げれば、頬に柔らかな感触が落ちた。

「このまま食べてしまいたい」

耳元で囁かれた低い声に、体の芯が震える。

シルヴェスターがまとう色香を認めるのが怖くて、目を合わせられない。

目にしたが最後、抵抗を放棄してしまいそうだった。

(声だけで孕《はら》んでしまいそうなんだもの)

これ以上知ったら、どうなるのか。

シル、と胸を押す。

鍛えられた感触に、思わず手を這わしそうになった。

本末転倒である。

ぐっと欲望を押し殺し、力を込める。

「チャリティーに出席するのでしょう？」

劇場で慈善活動がおこなわれる予定だった。

劇団が発起人となり、今晩の演劇で得た収益は全て寄付に回される。

クラウディアは王太子の婚約者として公的に招待され、活動を周知させる役割があった。

今夜のデートはお仕事なのである。

「ふむ、劇場の個室のほうがゆっくりできるか」

「シル？」

「客として参加さえすれば、私たちの仕事は終わりだ」

「不謹慎ですわよ」

「応援する気持ちはある」

ただ自分のことに時間を使いたい、とシルヴェスターはクラウディアの隣に腰かけた。

「サンセット侯爵家からはパトリック夫妻が参加する」

視線だけでシルヴェスターを見上げる。

お茶会の話が届いているようだ。

「会えば絡まれるだろう。夫人は、君を牽制したいようだからな」

「心の準備はできております」

「私が盾になれればよいのだが」

女性同士の心理戦に介入すれば無粋となるばかりか、パートナーがいなければ何もできないと、クラウディアの負けを認めるようなものだった。

手出しできないことに、シルヴェスターは眉を寄せる。

「こうして気遣っていただけるだけで、勇気が湧きますわ」

クラウディアのほうから額を合わせにいく。

こつん、と体温が重なると自然に笑いが漏れた。

「ふふ、以前は観客としてお楽しみいただきましたのに」

「あのときは相手が小者だった。それでも君は悩んでいた。忘れているかもしれぬが、私は君の心に他の誰かがいるのを許せるほど出来ておらぬ」

狭量《きょうりょう》な私の心を、君が救ってくれ、と言われたのを思いだす。

「存じ上げております。もう一人で抱え込んだりしませんわ」

あのときとは状況が違う。

クラウディアの考え方も変わった。

自分にたくさん味方がいるのを知ったから。

立ち向かえる強さを得た。

「シル、あなたがいれば、恐れるものは何もありませんわ」

堂々と笑顔で言い切る。

ならばいいとシルヴェスターも顔を綻《ほころ》ばせた。

劇場へ着けば、否応なしに注目される。

何せ王家の馬車である。誰が乗っているのか明白だった。

劇場の支配人に案内を受けて早々、クラウディアはパトリック夫人と再会した。

「王太子殿下、並びにリンジー公爵令嬢にご挨拶申し上げます」

慇懃《いんぎん》な礼を受ける。

夫のパトリックは、シルヴェスターの叔父にあたるが、公の場では身分に重きを置かれるため、どこまでも低姿勢だ。

夫人も追従していたものの、許可を得て面を上げるなり、目はキツネのように弧《こ》を描いた。

「クラウディア嬢が同席されるとは予想外でしたわ。演劇のあらすじを読まれていないのかしら？」

「内容は存じております。悲恋をどのように表現されるのか、興味が尽きませんわ」

演劇の内容は、身分差の恋を題材にした恋愛ものだった。

愛し合う二人だが身分の壁に阻まれて、最後は貴族の青年が命を落としてしまう。

「ああ、そうですわね、劇なら現実的な結末を迎える分、クラウディア嬢も心穏やかに鑑賞できるかしら」

わかりやすい、あてこすりだった。

リンジー公爵である父親と継母のリリスの関係は、現実的でないと言いたいのだ。

二人の関係について整理ができているクラウディアは、一ミリも心を動かされない。

（もう癇癪《かんしゃく》持ちの子どもではないのだけれど）

夫人には伝わっていないのだろうか。

受け流そうとしたところで、予想外の追い討ちを受ける。

「当然の結果だ。血統を重んじるには相応の理由がある。平民の娘ではなく、貴族の青年が命を落とす点については納得できないが」

夫のパトリックだった。

王妃と同じ金髪に紫目を持つ彼も、整った顔立ちをしている。

ただ目の下にあるクマが、魅力を半減させていた。背中で結ばれた長い金髪も、どこか色褪《いろあ》せて見える。

夫人の意見に同調したものの、パトリックはクラウディアに興味がないようで、夫人から目を逸らさない。愛おしげに夫人の鈍色の髪に指を絡ませている。

あくまで自分の意見を口にしただけだった。

しかし我が意を得たりと、夫人の顔が輝く。

「おっしゃる通りですわ。貴族は貴族と結ばれるべきです。クラウディア嬢もそう思われるでしょう？」

「わたくしは陛下のお考えに従うまでですわ」

貴族の婚姻は、国王の許可をもって成立する。

リリスの場合、父親が一代男爵だったため、準貴族に相当するとして認められた。

個人的には身分に関係なく自由だと考えている。けれどそれを口にすれば、大袈裟《おおげさ》に騒がれるのは目に見えていた。

「まぁ、主体性のないこと」

「まさかパトリック夫人も、主体性を重んじて陛下の決定へ異を唱えられることはありませんでしょう？」

ハーランド王国の王政において、国王が下した決断は絶対だ。

覆すことは許されない。

我ながらずるい手だった。陛下の威光を盾にしている。

「それとこれとは……」

「違うでしょうか？　主体性は大事というお話でしたら、おっしゃる通りですわ」

さり気なく軌道を修正して、シルヴェスターを見上げる。

合図は瞬時に伝わった。

「まだ見ぬうちから演劇を論評しても仕方ない。あとは各々の席で楽しむとしよう」

話はここまで、とシルヴェスターが打ち切る。

クラウディアから望む反応を引き出せなかった夫人は不服そうだったが、必要以上に言葉を重ねることはなかった。

劇場のホールは、舞台を前にして一階と二階に大衆用の席が設けられ、三階は王族と上級貴族専用になっている。

三階は個室で区切られており、舞台側のバルコニーに観覧席が設けられていた。

三階の観覧席からは、舞台だけでなく一階に広がる扇状の席も見渡せる。

はじまる前の舞台には、ひだの付いたえんじ色の幕が下りていた。

（あの舞台の上でデートしたなんて、未だに夢のようだわ）

観客席にいることで、規模の大きさを再確認する。

シルヴェスターが監修したデートは、いつだって予想以上だった。

随所で灯されるオレンジ色の明かり。

照らされる木造の壁や観客席は、林の中で暖色の蛍が飛ぶ様を連想させた。

温かい色が劇場内に広がっているのを三階席から眺める。

劇団が有名なだけあって、客入りは上々だ。この分だと、寄付金も多く集まるだろう。

ホールを一望し、クラウディアは個室に用意されたソファーへ腰を下ろした。

まだ時間に少し余裕がある。

人によっては小腹を満たす時間だった。テーブルにはウェルカムフルーツが置かれている。

食べようか悩む前に隣から、ふむ、と声が漏れるのを聞き、視線を向ける。

「叔父上の反応は意外だったな」

傍から見ても、パトリックの夫人への視線は熱がこもっていた。

「シルもですか？　わたくしもお茶会の席で知ったのです」

シルヴェスターの言葉からも、パトリック夫妻の仲がまだ知れ渡っていないとわかる。

お茶会の招待客たちは、それだけパトリック夫人と近しい間柄なのだろう。

「シルから見た、以前の夫妻はどうでした？」

「夫人は献身的だったが、叔父上は全く興味を持っていなかった。屋敷を空けることも多いと聞いていた」

ただ娼館へ行くでもなく、賭場へ行くでもないため、奔放なのは周知の事実だが、何をしているのか身内にも不思議がられているという。

「決まった集まりに顔を出しているわけでもなく、目撃情報が一番多いのはオークションだ。昔から変わった骨董品を集めるのが趣味でな」

縁のわからない怪しいものを家宝だと見せられたことがあると、シルヴェスターが思い出を語る。

「当主の資質でいえば、パトリック夫人の弟のほうが使えるようだ。次期当主に推す声もあるが、嫡男である叔父上がいる以上、彼が当主の座に就くことはない」

ただサンセット侯爵家としては夫人の弟の能力を手放せないため、重役に就かせる方向で話が進んでいるとのこと。

「しかし夫人の態度には、物申したくなる」

視線一つとっても、あからさまにクラウディアを軽んじていた。

シルヴェスターにしてみれば、許せるものではない。

口を出したいところだが、早々に動けばクラウディアが社交界でどういう評価を受けるかはわかりきっている。

だから今回は見逃された。

「母上の考えもあるのだろうが」

パトリック夫人の背後には王妃がいる。

むやみに彼女を否定すれば、王妃がどんな反応をするかわからない。

不機嫌さを隠さない婚約者の手を、クラウディアが取る。

「王妃殿下からの試練だと思い、対処していきますわ」

シルヴェスターも婚約式のおり、国王から試練を与えられていた。

自分へ順番が回ってきたに過ぎない。

「幸い、パトリック夫人の望みも難しいものではありません」

利権が複雑に絡みあい、複数の人間が関与している、というわけではなかった。

サンセット侯爵家は今ある利権を手放したくないだけだ。

背景は至ってシンプルなものだった。

「確かに読みやすくはある。けれど夫人の行動に君が傷付かないと言えるか？」

取った手を握り返された。

大丈夫だと、すぐに答えることもできた。

実際、大したダメージは受けていない。

けれどシルヴェスターが心配してくれているのは、そこじゃないだろう。

彼はどれほど小さな傷もクラウディアに与えたくないのだ。

「全く傷付かないとは言えません」

他者からの負の感情は、言葉だけではなく、態度だけでも受け手を萎縮《いしゅく》させる。

お茶会で全員が敵に回るのなんて、想像もしたくないことの一つだ。

相手の意図が透けているのもあってクラウディアは落ち込まなかったが、何も感じなかったわけではない。

もし親身になってくれる存在がいなかったらどうだろう。

我がことのように考えてくれるヘレンやリリス。手を握って心配してくれるシルヴェスターがいなかったら。

小さいとはいえ、いつまでも傷は残り続ける。

「ですが、シルが心配してくださるだけで、寄り添ってくださるだけで簡単に癒えますわ」

そして、その分、強くなる。

傷つくだけで終わらない。

前へ進むための活力にもなるのだ。

「今は、これだけで十分です」

「傷が大きくなりそうだったら、必ず言うのだぞ」

「はい、そのときは遠慮しませんわ」

しっかり頷くと、黄金の瞳が緩む。

次いで、頬に柔らかな感触が落ちた。

「本当は唇にしたいのだが」

気付けば開演時間が迫っていた。

「頑張っている君の前で、欲に溺れるわけにはいかぬからな」

そう言って、優しく頭を撫でられる。

自分を律する姿を見せられ、逆にこちらの欲情がかき乱された。

さらりと煌めく銀糸。

熱情を抑えているからか、目元は薄ら色付いている。

微笑を湛える唇の柔らかさが恋しい。

呆れられたくない、というシルヴェスターが、どこまでも可愛く映った。

「ディアの強さ、弱さ、全てを愛している」

「わたくしも、シルの全てを愛しています」

無意識のうちに腕が伸びていた。

硬い筋肉と心地良い体温を感じながら抱き締める。

そして互いの熱が上がってしまう前に、観覧席へと移動した。


演劇は圧巻だった。

平民、貴族、それぞれの立場から発せられる言葉に心を揺さぶられた。

主人公の一人である貴族が命を落とすことから後味の悪さを覚悟していたけれど、残ったのは、

清々しさすら感じるほどの深い悲しみだけだった。

叶わぬ恋。

なぜ愛し合う二人が引き裂かれなければならなかったのか、考えずにはいられない。

余韻で潤む目元に口付けられる。

「ディアがいて良かった」

ほっと安らぐ声。

隣に愛する人がいる喜びを再確認する。

お互い、すぐには立ち上がれなかった。

ようやく気持ちに整理がつき、廊下へ出たところで、シルヴェスターに声がかかる。

「明日の議会のことで確認があるようだ、少し待っていてくれ」

「わかりましたわ」

劇場にいても仕事に追われるシルヴェスターの背中を見送る。

部屋へ戻ろうと踵《きびす》を返したときだった。

今度はクラウディアが呼び止められる。

「演劇は楽しまれましたか？」

内容から今日の演者かと思った。

舞台を終えた演者が、貴族へ挨拶に来るのはよくあることだ。

振り向いて、驚く。

目の肥えたクラウディアでも、ハッとするほど美しい青年が立っていた。

(でも舞台にいたかしら?)

青年は、一目で貴族だとわかる身なりだ。

演者でなければ招待客の貴族だろうけれど、見覚えはない。

(これほど印象的な人、一度見たら忘れないわ)

長い金髪を後ろで一つに結んでいる姿は、王妃の兄であるパトリックと同じだが、青年の髪は太陽の恵みをめいっぱい享受していた。

きらきら輝く金髪に、吸い込まれそうなアメジストの瞳。

白磁の肌は滑らかで、ほのかに色付く頬にうっとりする。

十人いれば十人が、彼に目を留めるだろう。

しかしジャケットの袖にあるカフスで確認した家紋も、知らないものだ。

どこかシルヴェスターと似た雰囲気を感じ、頭を捻る。

共にいる護衛も、不思議と青年を止める素振りを見せなかった。

答えないクラウディアに気分を害した様子もなく、青年は自分の感想を語り出す。

「報われない結末でしたが、込められたメッセージには胸を打たれました」

——自由であれ!

主人公である貴族の青年は、命尽きる前に、観客に向かってそう叫ぶ。

一途な思いを否定する親族たち。

貴族という身分に縛られた自分。

同じようにはなるな、と言われているようだった。

一歩間違えば、反社会的だと捉えられかねない内容だ。

けれど上手くその辺りには触れられなかった。

何を自由と結び付けるかは、受け手に委ねられる。

「私自身、身分違いの恋人がいるからかもしれません」

そんなことを初対面の自分に打ち明けていいのかと目を丸くする。

クラウディアの反応に、青年ははにかんだ。

「すみません、あなたになら話しても大丈夫そうな気がして。演劇を観たことで、ずっと誰かに打ち明けたかった気持ちが溢れてしまったようです」

もしよければ馴れ初めを聞いてもらえませんか、と青年は乞《こ》う。

まだシルヴェスターが戻ってくる様子はなく、待っている間で構わないならとクラウディアは頷いた。

聞いたところでクラウディアが損をすることはない。

それに演劇の主人公と目の前にいる青年の境遇が同じなら、行き場のない思いを少しでも軽くしてあげたかった。

青年は、春を届けるような笑顔で感謝を告げる。

「ありがとうございます。やっぱりあなたに声をかけて良かった」

ほっと緩められた目尻が愛くるしく、クラウディアも自然と笑みが浮かんだ。

「少し突拍子もない話なんですが、きっかけは、昔にあったとされる予言の力を私が呼び起こそうとしたことです」

青年の家には、伝承《でんしょう》があった。

曰く、予言の力で人々を救った祖先が、家を大きくしたのだと。

親から予言者の血が受け継がれていると子ども時分に聞いたときは、興奮して夜も眠れなかったという。

「思いだすと恥ずかしい限りなんですが、大人になっても、子どもの頃に覚えた興奮の一部を、私は抱えたままでした」

他の貴族とは違い、特別な力があることが嬉しかった。

実際には、親も自分も予言なんてできないのに。

そしてあるとき、自分のことで行き詰まった青年は、伝承に縋ってしまう。

「自分に予言の力があれば、乗り越えられると思ったんです。浅はかだと、今ならわかるんですが」

悩むあまり、冷静に物事を判断できなくなっていた。

力を復活させるため、たくさんの文献を漁り、黒魔術の真似事をするようになった。

「祖先の霊を呼ぶための儀式が本に書かれていたんです。これだ！　と思って、地下室の床に魔方陣を書いて、怖々、供物《くもつ》である動物の血を捧げたりして……我慢せずに、笑ってくださって結構ですよ？　自分でも当時のことを思いだすと呆れますから」

むしろ前置きが長いですか？　と青年は苦笑する。

思い出を語る楽しそうな姿のおかげで、クラウディアは全く退屈していなかった。

「ここからがメインです。いつものように黒魔術の準備を進める中で、ロウソクの火を倒してしまったんです。みるみるうちに火が燃え広がり、入り口が炎で塞がれた私は絶望しました」

家族にバレないよう、深夜にこっそり地下室へ通っていたのが仇《あだ》となった。

しかも地下室は避難用の隠し部屋だったのだ。

「怪しい儀式だという自覚はあったんです。それに家族を見返すために欲しかった力でもあって……」

使用人の多くが寝ている時間。

夜当番に、存在を知らない隠し部屋まで注意しろというのは到底無理な話だ。

「このまま焼け死ぬしかないのかと諦めかけたときでした。頭上から大量の水が降ってきたんです」

呆然とする青年の視界に映ったのは、大きなバケツを持った一人の使用人だった。

クラウディアと同じ黒髪が印象的だったという。

「何バカなことしてるんですか！　と、怒鳴られました」

幸い、火は自分が思っている以上に大きくなく、バケツの水で鎮火《ちんか》できた。

青年の行動は、その使用人にはバレていて、ずっと見守られていた。

すぐ消せる火も消さず、広がるまま火を放置する青年に、慌てて使用人は水を取りに行ったのだった。

「死ぬ気ですか⁉　と訊かれ、それもいいな、と何故か答えてしまって……話した通り、死ぬことは考えてもいなかったのに。燃え上がる火に、恐怖すら感じていたはずなのに」

心が疲れきっていた。

当然ながら、黒魔術も成功する気配を見せず。

全て捨ててしまえるなら、捨てたかった。

「だったら自分にください、と言われました。泣きながら。いらないならください、と」

泣きじゃくる使用人を見て、この人には自分の苦悩が伝わっているのだと知った。

でなければ、青年の言葉を真に受けたりしない。

「ほっと、力が抜けて、気付いたら頷いてました。この人となら生きていけると思えたんです」

実際に付き合いはじめたのは、半年ぐらい経ったあとだった。

「地下室から出て、日常に戻ると、あのときのことがお互い幻のように感じられて……しばらくは変わらない関係が続きました」

でも幸せだった。

地下室へ行って、魔方陣を描く気には二度とならなかった。

青年と恋人の未来には、まだ身分の問題が残っているけれど。

「自由であれ、私もそう思います」

晴れ晴れとした表情で、青年は演劇の言葉を口にした。

爽やかな青年の笑顔を見て、クラウディアも願う。

二人によき道が示されますように、と。

青年とははじめて会ったが、話を聞く中で人柄の良さを感じていた。

「長々とお付き合いいただき、ありがとうございます。最後に一つ……」

なんだろうと、青年の紫色の瞳を見上げる。

「過去に囚われないでください」

言われた瞬間、その一言が、頭の中でこだました。

しばらく動けずにいると、クラウディアを呼ぶ声がする。

「ディア？　部屋に戻らなかったのか？」

「シル、用事は終わりまして？」

「ああ、終わった。大丈夫か？　ぼうっとしていたが」

大丈夫ですわ、と答えたときには、青年の姿がなかった。

今の今までいたはずなのに。

忽然《こつぜん》と消えた青年に、白昼夢《はくちゅうむ》を見ていた気分になる。

（そういえばお名前も伺わなかったわ）

はじめに聞くべきことだ。

けれど不思議と、名乗られなくても良いと思えていた。

美しい青年と話していたことを上手く言葉にできないまま帰路に就く。

（過去……）

馬車に揺られている間も、青年の最後の言葉が離れない。

過去、といわれてクラウディアが思い当たるのは、逆行前のことだった。

逆行前に辿った歴史。

クラウディアの人生において欠かせないものであり、認識としては過去の経験だ。

(過去に囚われないでくださいい、か)

一時、異母妹《フェルミナ》のことで囚われていた身としては、心に響く。

青年が知りようのないことだけれど。

(また会えるかしら?)

カフスにあった家紋を調べれば、身元はわかるはずである。

しかし、なぜか率先して調べる気にはなれなかった。

悪役令嬢は潜伏する

本日のお妃教育が終わり、授業用にあてがわれた王城の部屋を出る。

正式に婚約者だと発表されてからは、外交面での知識を強化されていた。

門外不出の資料も多いため、最近では登城する機会が増えている。だからといってシルヴェスター に会えるわけではないのが、寂しいところだ。

廊下の窓から外を眺めれば、空には茜色とうろこ雲が広がっていた。

涼やかな風が黒髪を揺らしていく。

（目新しいことといえば、滞在先の修道院が決まったことかしら）

お妃教育の一つに、修道院での二週間の滞在があった。

そのときばかりは身分を忘れ、修道者と同じ生活をするのが習わしだ。

クラウディアも例に漏れず慣例に従うのだが、指定されたのは王都郊外の修道院だった。

（王都にも修道院はあるというのに、ね）

一番規模も大きく有名なのは、大聖堂に併設された修道院だ。

王妃はそこで二週間過ごしたと聞いている。

滞在地については明文化されていないが、大聖堂併設の修道院か、自領の馴染みのある修道院か、このどちらかが常だった。

クラウディアには当てはまらない。

（誰かの意図が透けてみえるわね……噂をすれば）

視線の先に、休憩所が映る。

王城には東屋を模した休憩所が随所に設置されていた。

城は広い。

歩き疲れたとき、思いがけず知人に会ったときなど、気軽に利用できるよう休憩所は開放されている。

利用者の多くは女性だ。コルセットを用いたドレスを着ていればさもありなん。

ベージュの瞳と目が合い、挨拶を交わす。

「ごきげんよう、パトリック夫人」

「ごきげんよう、リンジー公爵令嬢。お妃教育の帰りかしら？」

「はい、屋敷へ戻るところですわ」

休憩所には、パトリック夫人の他にもお茶会で見かけた夫人たち三人の姿があった。

（わたくしが通るのをわざわざ待っていたなら、ご苦労なことね）

王妃とのお茶会の帰りである可能性も捨てきれないが、だったらもっと庭園やエントランスに近い休憩所を利用するはずである。

授業のために用意された部屋は、文官の研修にも使われる。

普段なら夫人たちの足が向かない場所にあった。

（暇なのかしら？）

ついそんなことを考えてしまうのは、お妃教育の他にも仕事を抱えているせいだろうか。

嬉しい悲鳴だが、最近アラカネル連合王国にある商館が品薄状態だった。

クラウディアの評判が評判を呼んだのもあるが、その場で商品である特産品の使用用途を示すやり方が当たっていた。

隣接するレストランでも提供しているワインは軒並み完売している。

ただいつまでも棚を空にしておくのは勿体ない。

何か活用できれば、と時間ができるたびに思案に暮れている状況だ。

どこか楽しそうなパトリック夫人の姿が少し羨ましく感じる。

「そろそろ滞在する修道院が決まる頃ではないかしら？」

「おっしゃる通り、滞在先が決まりましたわ」

どうせ訊かれるのはわかっていたので、次いで場所を伝える。

まあ！　と扇を広げて驚くパトリック夫人は、わざとらしかった。

「よりにもよってあそこへ？　良い噂を聞きませんのに……」

一緒にいた三人の夫人たちも便乗して口を開く。

「お気の毒ですわ。夜な夜な生け贄を求める白いドレスを着た霊が出るのでしょう？」

「あら、わたしは髪の長い女の霊が出ると聞きましたわ」

「怖いですわね。修道院自体も幽霊城だと噂されているではありませんか」

夫人たちの声音には嘲笑《ちょうしょう》が含まれていた。

扇で口元を隠しながらも、目は弧を描いている。

全員が同じ表情なものだから、用意された仮面を被っているかのようだった。

ここまでくれば、誰の意図によって選ばれた修道院か明白だ。

（留意すべきは、王妃殿下も承認されたことね）

サンセット侯爵家に、お妃教育へ口出しできる権限はない。

滞在先の指示は、王妃がおこなったと見るべきだろう。

（乗り越えてみせなさい、ということかしら）

なぜ王妃はパトリック夫人の好きにさせているのか。

まだ答えは出ないけれど、クラウディアがやるべきことは決まっていた。

嫌がらせに屈しないこと。

生憎、幽霊を怖いと思ったことがないので、修道院の指定については無駄骨の感があるが。

（古びているのも、選ばれた理由でしょうね）

綺麗な場所でしか暮らしたことのない令嬢にとって、古く痛んだ空間は、それだけで恐怖の対象だ。虫やネズミの気配がすれば、もっと。

クラウディアとて避けたい場所ではあるものの、耐えられないかと訊かれればそうでもなかった。

けれど今は。

「そのような噂があるのですね……」

対抗する必要を感じず、しおらしい態度を取る。

お茶会とは違い、ここは長々と話をする場ではないのだ。

ただ頭の隅で、カチコチと何かが組み合わさる音が響く。

（今日集まったのは、本当に仲の良い人たちのようね）

顔ぶれはパトリック夫人の交友関係と一致する。

お茶会のときは、もっと人がいた。

ここにいる人といない人の差。

（もしかしたら、ちょうど思案している商館の件が使えるかもしれないわ）

抱えている問題同士がぶつかって化学反応を起こす。

組み合わさった何かが弾け、頭の中で視界が広がるのを感じた。

（方向性が決まったなら、あとは行動あるのみよ）

話の流れから、ここはショックを受けていたほうが良さそうだ。

哀愁漂う演技のため、シルヴェスターやヘレンに嫌われる自分を想像する。

金輪際《こんりんざい》、共にいることはできないと言われたら。

「お先に失礼させていただきます」

喉がつかえるのを感じながら、クラウディアは足早に休憩室の前をあとにした。


「またパトリック夫人ですか！」

屋敷へ戻り、ヘレンに城でのことを報告すれば、憤慨が返ってくる。

その反応が何より嬉しくて、ヘレンに抱き付いた。

直前にしていた想像も消え失せる。

「ああ、クラウディア様……お辛いですよね」

「大丈夫よ、もう癒えたわ」

耐えられるからといって傷付かないわけではない。

小さな傷も数が増えれば、見るも無残な傷跡になった。

けれど自分には癒やしてくれる人がいる。

「ご無理をなさいませんように」

「ヘレンは自分の治癒能力を過小評価しているわね」

「治癒能力ですか？」

「そう、ヘレンが隣にいてくれるたび、話を聞いてくれるたびに、わたくしの心の傷は癒えていくのよ」

「ならば、もっとお聞かせくださいませ」

「ふふ、ありがとう。けれど先ほども言った通り、今日の分は癒えたわ」

また傷付いたときに頼らせてもらうわね、と笑顔で伝えればヘレンは納得してくれた。

クラウディアには、ヘレンを巻き込んではいけないと、一人で行動していた時期がある。

そのときの孤軍奮闘していた印象が、未だヘレンの中に残っているようだった。

もうあのときの自分ではないと、安心させるために言葉を紡ぐ。

「すっかりヘレンなしでは生きていけない体になったわ」

「……クラウディア様、他ではおっしゃりませんように」

「あら？」

久しぶりに選択を間違えた。

確かに、シルヴェスターが耳にすれば詰問されそうだ。

「間違いではないのだけれど、気を付けるわね」

「わたしとしては嬉しい限りです」

微笑むヘレンの表情は、パトリック夫人たちのものとは比べものにならない。

慈愛の満ちた優しい目。

逆行前から変わらない瞳に、胸が熱くなる。

「パトリック夫人に対して、何かしらできないものでしょうか？」

特に今日は泣き寝入りした感が否めないからだろうか。

珍しく、このままではダメです、とヘレンが口にする。

「ちょうど対応策を考えていたところよ。ただタイミング的に、今ではなく別の機会が良いわね」

「さすがクラウディア様です！　そうですね、言われてみれば、これから修道院に滞在することですし」

二週間、社交界の前線から離れることになる。

ことを起こすなら、自由に動き回れるときにすべきだ。

（上手くいくかは、わたくしの力量次第）

城で思いついた方法を脳内で整理する。

シルヴェスターが婚約式に反対する貴族を押さえ込んだのとは、違う手段を取る予定だった。

どう転ぶかはわからない。

だからこそ、できる限りの最善を尽くす。

修道院への滞在は、調整の期間としても良さそうだった。

憂《うれ》いのなくなったヘレンに、クラウディアがにっこりと笑む。

「反撃の隙を狙って、潜伏することに致しましょう」

悪役令嬢は幽霊城へ赴く

「わざわざ夜に行く必要はないですよね？」

滞在先の修道院へ向かう道すがら、ヘレンが不満を口にする。

修道院では自分のことは自分でするのが決まりだが、一人だけ侍女の同伴が許されていた。

クラウディアにとってこれほど心強いことはないし、馬車での長距離移動も苦ではなくなる。

「そういう指示だから従うしかないわ」

「陰険《いんけん》にもほどがあります。幽霊城へ夜に入れだなんて」

ご丁寧にも、修道院へは夜に入居するよう指定されていた。

これもパトリック夫人によるものだろう。

「わたくしを怖がらせようと必死なのよ」

「成功していませんけどね」

といってもメインは幽霊城ではなく、お妃教育にも介入できる力があるとクラウディアに示すことだ。

姑である王妃と繋がりがある以上、逃げ場はないと追い込んでいる。

それでもヘレンの言うとおり、クラウディアは動じていない。

(命の危険はないのが大きいわね)

お茶会の件も使い古された嫌がらせだった。

本人が隠れず――証拠を残すような形で動いてる時点でも、クラウディアを完全に排除するつもりはないことがわかる。

王妃の立場を考えれば、さもありなん。

生家であるサンセット侯爵家に縁のある娘を嫁にできれば良いが、適する令嬢がいない上、これについては他家も目を光らせている。

リンジー公爵家に力が集中するのを良く思わない勢力があるように、サンセット侯爵家にも同様の勢力がある。

貴族に限らず、他人の一人勝ちを望む者はいない。

ならば嫁に来た者を「教育」するしかないのだ。

(嫌がらせは、娼婦時代もあったもの)

ヘレンやミラージュを筆頭に、優しいお姉様方もいた。

同時に、クラウディアを嫌う娼婦もいた。

(一番げんなりしたのは虫ね)

箱に入れられた害虫のカサカサ音は、この上なく不快だった。

もしかしたら今世でもあるかもしれないが、身分のおかげで、クラウディアの手元へ届くまでに排除される。

「ヘレンは幽霊と虫、どちらのほうが苦手？」

「わたしは幽霊でしょうか。存在が不確かなので……虫も好きではありませんけど、対処方法がありますから」

「良かったわ、わたくしは虫のほうが苦手なの」

クラウディアの考え方は、ヘレンと逆だ。

存在が確かなもののほうが、実害があるため怖く感じてしまう。

話が一段落したところで、路面が土に変わったのが震動で伝わってきた。

王都の中心地から離れた、ということだ。

ここからは街灯もなくなる。

けれど窓から明かりが見えるのは、護衛がランタンを携えているからだった。

「夜でも馬車を走らせられるのは有り難いわね」

中心地と比べれば劣るといっても、王都は王都。

郊外であっても馬車がすれ違えるよう道路の幅は確保されていた。

また今夜に限っては、事前に交通整理がおこなわれている。

道中の危険がないよう、随所に騎士が配置されているぐらいだ。

クラウディアは改めて自分の身分を実感した。

修道院として使われている古城に到着する。

月明かりの下で見る石造りの無骨な城は、いかにも、という雰囲気を漂わせていた。

幽霊だけでなく、物語に登場するドラキュラやゾンビといった化け物まで出てきそうだ。

クラウディアとヘレンは馬車を降り、滞在用に荷物をまとめたトランクケースをそれぞれ自分で持つ。

周囲には騎士たちもいるというのに、心なしかヘレンの腰が引けていた。

物陰から人が現れると、より顕著《けんちょ》に肩を弾ませる。

安全だとわかっていても、クラウディアも一瞬、鼓動が早くなるのを感じた。

すっと音もなく陰から現れたように見えたのだ。

「遠路はるばる、ようこそおいでくださいました。当修道院の司祭を務めさせていただいております、カルロと申します」

「お世話になります、クラウディア・リンジーです。こちらは侍女のヘレンです。お出迎え、ありがとうございます」

クラウディアの紹介に合わせて、ヘレンが頭を下げる。

白髪の司祭は、全体的に丸みを帯びていた。

かといって太っているわけではなく、角のない人柄が体形に現れているようだ。

小柄で、身長はクラウディアより十センチほど低い。

七十四歳だと聞いているが、六十代といっても十分通じる見た目をしていた。

醸し出されるふわっとした空気感がコアラを連想させる。

「このような時間ですから詳しい説明は、明日の朝にしましょう。支給品もそのときにお渡し致します。お部屋へご案内するので付いてきてください」

「よろしくお願いいたします」

司祭の後ろをヘレンと並んで歩く。

修道者になれば、生まれによる身分は関係なくなった。

絨毯が敷かれていない廊下は石がむき出しで、歩くたびにコツコツと音が鳴る。

「事前に資料もお渡ししているので、既にご存じかと思われますが、基本的なことだけ再度お伝えしておきます。修道者として生活する以上、滞在中はご身分のことをお忘れください」

できる限り、自分のことは自分ですること。

規律を守ること。

わからないことは、どんな些細なことでも質問すること。

「お恥ずかしながら、私は記憶力が乏しく、二度、三度と同じ説明をすることがあると思います。そのときはご容赦ください」

朗らかな司祭の笑みにつられて、クラウディアたちも笑顔を返す。

「屋敷と比べ、城は生活する上で不便が多いことをご留意ください」

「使用目的の違いからでしょうか」

「おっしゃる通りです。人が暮らすために造られるのが屋敷。人を守るために造られるのが城です。居住区もありますが、本質は要所を守る砦のほうにあります」

最低限のインフラが整い、多人数を収容できる点で、修道院としては問題ないと司祭は語る。

「今では砦の機能は使われておりませんが。お部屋に案内図もご用意しておりますので、ご活用ください」

「ご準備いただき、ありがとうございます」

司祭の出迎えからはじまり、破格の待遇だった。

司祭は、修道院の統括役――トップだ。

新しく入る修道者の案内を買って出たりはしない。

結局のところ、クラウディアたちは客人なのである。

「いえいえ、最後にこのような誉れをいただき、喜ばしい限りです」

古城を再利用した修道院は、取り壊しが決まっていた。

ナイジェル枢機卿の一件で、修道院の管理態勢が見直され、合併など整理が進められているのだ。

司祭を含め、現在在籍している修道者は、他の修道院へ移ることが決まっている。

人がいなくなった建物は廃れる未来しかない。

そして郊外であることから、ならず者が居着く可能性があり、老朽化も加わって古城は更地に戻されることになった。

（犯罪ギルドの拠点として使いやすそうだものね）

つい、使い勝手を考えてしまう。

現在は、新規の修道者の受け入れも止められていた。正真正銘クラウディアたちが最後の客となる。

「この調子で工事も上手く進むのを願うばかりです。私が至らないばかりに……」

「滞っておられるのですか？」

「はい。今晩から入られるお二人にはお伝えしにくいことなんですが」

工事が停滞している原因は、噂として流れている幽霊話にあった。

準備をしていた現場作業員も髪の長い女の霊を見たと言い、当初決まっていた施工主が手を引いたのだという。

「同業者の間でも噂が広まったようで、次が決まっていないんです」

そんなとき、お妃教育の滞在先として選ばれた。

これぞ、きまぐれな神の思し召しだと司祭は感謝したという。

王太子の婚約者が滞在したとなれば、噂なんて簡単に払拭できる。

「クラウディア様の滞在が終われば、すぐに次の施工主が見付かるでしょう」

（パトリック夫人の嫌がらせが、こんな形でプラスに働くなんて）

世の中、わからないものだ。

にこにこと笑顔を見せる司祭には言えないと、ヘレンと目配せして頷き合う。

「こちらの部屋です。二人一部屋でお間違いありませんでしたかな？」

「はい、大丈夫です」

別室にすることもできたが、ヘレンと相談して同じ部屋を利用することにした。

ヘレンが一人で寝るのは難しそうだと訴えてきたのもある。

(ミラージュお姉様の怪談話も苦手だったものね)

空き時間ができると、ミラージュはよく遊戯室で怪談話を披露した。

うっかりヘレンが仕事終わりに聞いてしまうと、一緒にベッドへ入るのが常だった。

「お腹が空いていれば、食堂をご利用ください。今の時間なら、誰かしらいるはずです」

遅い時間になると人がいなくなるので、利用するなら早めにと念を押される。

部屋に問題はないことを確認すると、司祭はまた明日と言って、その場をあとにした。

クラウディアは部屋に入るなり、持っていたトランクケースを床に置く。

司祭の手前、平静を装っていたものの、手が疲れを訴えていた。

「荷物を持って、これだけ歩くのは、はじめてじゃないかしら」

「ご立派です、クラウディア様」

「うう、ヘレンは何事もなくこなしているのに」

「伊達に何年も侍女をしておりませんよ。けれど二週間分の荷物をまとめてあるので、荷物としては重いほうですね」

美容のため体を鍛えてはいるものの、持続力は現役の侍女に敵わないことがわかった。

疲れを見せないまま、ヘレンは荷ほどきをはじめる。

「事前に掃除してくださってますね」

部屋の床は板張りになっていた。

相変わらず絨毯はないが、ホコリもなかった。

石畳を歩いてきた分、木の弾力を感じ、ほっとする。

入って右手側の壁にクローゼットが二つ置かれていた。ヘレンがテキパキと衣類を収めていく。

反対側には、キルトを広げられそうな大きめのテーブルと椅子が二脚。

奥の窓側にベッドがあった。

調度品はどれも簡素な造りで装飾はない。

修道院では質素倹約が是とされるからだろう。

休憩はこのくらいにして、クラウディアもヘレンに倣いクローゼットを開ける。このままではクラウディアの分もヘレンが片付けてしまいそうだった。

「お部屋に蜘蛛《くも》の巣でも張っていたらどうしようかと思いましたが、安心しました。お布団も十分厚みがあるので、凍《こご》えることはなさそうです」

「色々と心配してくれていたのね」

「ヴァージル様からも不便があればすぐに報告するよう言われております」

「不便を自分で工夫するのが滞在の主旨ではなかったかしら？」

公爵家と比べれば、足りないものは必ず出てくる。

それとどう向き合っていくのか、考える機会を与えられているのだ。

「何事も限度がありますから。加えてパトリック夫人の動きも気になりますし」

「滞在中には、関与してこないわよ。修道院は教会の管轄だから、王妃の後ろ盾があっても、指示はできないわ」

「ですが、この古城、元はサンセット侯爵家のものなんでしょう？」

「正確には分家のね」

滞在先の情報を集める際、一番目立ったのは幽霊話だったが、元の持ち主についてもわかった。

といっても当の分家は現存しておらず、古城も教会へ寄付されているので、あくまで持ち主だったというだけだが。

驚いたのは王家の直轄領になったあとでも、サンセット侯爵家の分家が城主を務めていたことだ。

どうやら行政官の派遣が間に合わず、分家が仮の行政官を担っていたらしい。

このあたりは色々と政治的背景もありそうだが、現在は他の地域同様に、王城から行政官が派遣されている。

それでもサンセット侯爵家とは縁があり、夫人としては滞在先に指定しやすかっただろう。

「教会はこれ以上ハーランド王国内で権威を落としたくないでしょうから、仮に要請があったとしても公平性を保つわ」

修道院で何かあれば責任を問われるのは教会だ。

今の教会の立場なら、むしろ介入をはねのける。

「司祭自ら手厚く出迎えてくださったのが良い例よ」

「わかりました。過敏に反応しないよう努めます」

話しているうちにクラウディアの荷ほどきも終わった。

「クラウディア様、お腹は減っていませんか？」

「出発前に屋敷でしっかり食べてきたから大丈夫よ。……でも水差しもないのね」

「はい。場所の確認がてら食堂に行こうと思います」

「わたくしも一緒に行くわ」

水分補給は大事である。

自分の分は自分で、とクラウディアも案内図を持って部屋を出た。

部屋の外で待機していた護衛騎士が自動で付いてくる。

いくら修道者と同じ生活をするといっても、安全面は徹底されていた。

クラウディアの滞在中、王城から警備担当も派遣され、修道院は平時より物々しい。

しん、と静まり返った廊下に、クラウディアたちの足音と甲冑が擦れる音が響く。

夜なのもあってか、修道者とすれ違う気配はない。

足下をひんやりした風が通り過ぎていく。

元々の造りからか、老朽化のせいなのか、古城は隙間風が多そうだった。

窓から見える外は真っ暗だ。

近場がぼんやり明るいのは、警備担当の騎士がいるからだろう。

（普段はもっと暗いのよね）

クラウディアのために増やされた明かりを引き算してみる。

到着時に見上げた古城の雰囲気と併せて、幽霊話が持ち上がるのも当然のように感じられた。

（観光地として、不気味さを売りにできそうなぐらいだわ）

視線の先では、石壁の不揃いな表面が歪な陰をつくっていた。

花瓶一つ置かれていない廊下は殺風景で、哀愁を誘う。

護衛を含め、クラウディアたち三人だけが、古城に取り残されたような錯覚に陥りそうになる。

自然と口数が減っているのに気付き、クラウディアは話題を振った。

「……へレン？」

しかし当初予定していた言葉は呑み込まれる。

城壁塔が見える場所に差し掛かるなり、突然ヘレンが足を止めたのだ。

「く、く、クラウディア様っ、あれ……！」

震えながらも、一か所を指差す。

城壁から迫り出すように造られた円柱の建物。

その城壁塔と本城を繋ぐ渡り廊下に、不鮮明な白い人影が見えた。

ヘレンの顔から血の気が引いていく。

「髪の長い女の霊……クラウディア様もご覧になられましたよね⁉」

「ええ……」

まさか、と思いながらも、否定はできない。

輪郭《りんかく》が曖昧に映ったのは、長い髪が揺れていたからだった。

続けて同行している護衛にもヘレンが確認する。

「すぐに調べさせます！」

護衛も目撃していたようで、行動は早かった。

不審者なら捕まえねばならない。

護衛から警備担当へ連絡が行き、一旦クラウディアたちは部屋へ戻る。

「本当に出るんですよ、この修道院！　生け贄を求めて現れたんだとしたら、どうしましょう⁉」

「落ち着いて、とりあえず報告を待ちましょう」

ヘレンの肩を抱き、二人でベッドへ座る。

クラウディアの体温に安心したのか、徐々にヘレンの震えも治まっていった。

何度か深呼吸をした後に頭を下げる。

「取り乱して申し訳ありません。わたしが一番冷静でいないといけないのに」

「大丈夫よ。苦手な存在が前触れもなく目の前に現れたら、誰だって驚くわ」

これが台所で油ものを好む害虫だったら、クラウディアは叫んでいた自信がある。

「もしアレが現れたときは、任せたわ」

「はい！　わたしも得意ではありませんけど、クラウディア様のためなら何匹だって屠ってみせます！」

「頼もしいわね」

奮闘している光景は想像したくないが。

姿を思いだしたくないので、話題を戻す。

「仮に幽霊だったとしても、司祭様や修道者の方々は普通に生活しておられるのだから、害はないはずよ」

もし実害が出ているなら、パトリック夫人の介入があってもお妃教育の場から外される。

ここが選ばれたからには、身の安全は保証されているのだ。

「そうですよね……わたしが焦り過ぎました」

まだヘレンの手には震えが残っていた。

恐れる必要はないと、背中をさする。

「ヘレンを慰める機会が少ないから新鮮だわ」

「うう、恐縮です」

「わたくしは楽しんでいるのだけれど?」

むしろヘレンは怒ったほうがいいかもしれない。

目尻に滲んだ滴を親指の腹で拭う。

同じ化粧水を使っているのもあって、ヘレンの肌は滑らかだった。

健康的な生活を送っているので、逆行前の娼婦時代より状態が良いくらいだ。

つい、ぽつりと言葉が溢れる。

「可愛い」

「クラウディア様に言われるとくすぐったいですね」

頼れるお姉様感が消えた等身大の姿に、胸がきゅんきゅんした。

いつまでも年上の女性の可愛さに浸っていたかったが、すぐに形勢がいつも通りになる。

ヘレンは人差し指を、クラウディアの鼻先にビシッと突きつけた。

「お言葉は嬉しいです。で、す、が！　距離感が近過ぎます」

「ヘレン以外には気を付けているわ」

「だったら、まぁ……いえ、これに関しては、クラウディア様は信用できません」

「なんてこと、侍女の信用を得られていないなんて」

自覚があるクラウディアとしては、反省するしかないのだが。

同性相手だと、ふとしたときに気が緩んでしまうクセは、中々治らなかった。

「シルヴェスター殿下も気苦労が絶えませんね」

「シルはご自身で狭量だと認めてらっしゃるから」

「実のところ、殿下が苦労する分には、あまり気になりません」

「さらっと、とんでもないことを言うわね」

有能な侍女は、ちゃんと時と場所を選んで発言するけれど、たまにヒヤッとさせられるときがある。

大概、ヘレンもクラウディア至上主義だった。

憎めない笑みを浮かべながら、ちらりとヘレンがドアの方へ視線を送る。

そろそろ謎の人影について報告があってもいい頃だ。

「遅いわね」

時間がかかっているのは、あまり良くない傾向だった。

幸い、他愛もない話ができたことで、ヘレンは平静を取り戻していた。

「クラウディア様、先ほどの人影なんですが、修道者とは違いましたよね？」

「そうね、ローブを着ていなかったわ」

修道者には、教会から支給されたローブを着る決まりがある。

クラウディアたちにも明日の朝、渡される予定だ。

脱ぐのは寝るときだけだと聞いていた。

見えた白い人影を改めて思い浮かべる。

すると一つ、気になることがあった。

「白いドレスも着ていなかったわね」

「言われてみれば……」

話に聞いていたのは、夜な夜な生け贄を求める白いドレスを着た霊と、髪の長い女の霊。

混合してしまいそうになるが、この二つは別なのではないだろうか。

「女性であることは共通しているけれど、先ほど見た人影は、長い髪に目が行ったわ」

「はい、わたしも咄嗟に浮かんだのは髪の長い女の霊でした。白いドレスを着た霊、という感じではありませんでしたね」

「なら、やはり違う霊なのではないかしら」

「生け贄を求めて出てきたのではないということですか？」

「ええ、それに、わたくしたちには無反応だった気がするわ」

クラウディアたちが見た人影は、ただ城壁塔へ向かっていただけだ。

生け贄を求めているなら、何かしら周囲に対して行動するのではないだろうか。

あくまで幽霊だった場合の話だけれど。

「単に修道者が寝ぼけてローブを着忘れていた可能性もあるにはあるわ」

「その場合、城壁塔へ向かっていた理由が謎ですね」

城壁塔は城壁と共に独立しているものが多い。

しかしこの古城では、一部の城壁塔と本城が渡り廊下で繋がっていた。

物資の運搬をスムーズにおこなうためだと考えられたが、今はものを運ぶ必要がない。なにせ使われていないのだから。

「逢い引きのため……だったら、報告が来ているはずよね」

人影が修道者にしろ、違うにしろ、実在する人間なら、確認に行った警備担当がすぐに見付けているはずだ。

それがまだない、ということは。

(考えれば考えるほど、幽霊説が浮上してくるわね)

あり得ない、という思いと、もしかしたら、という思いが交錯する。

ヘレンも同じ考えなのが、眉尻を下げた表情から察せられた。

ドアがノックされ、待ち望んでいた報告がやってくる。

騎士の表情は芳しくない。

「誰もいなかったの？」

「はい、廊下から城壁塔内部まで調べましたが、誰も発見されませんでした」

外で周囲を巡回していた騎士たちも見ていないという。

「行き違いになった可能性は？」

「城壁塔へ続く廊下は一本道ですので、引き返していた場合は出会います」

クラウディアたちが目撃した白い人影は忽然と消えてしまった。

どうしても頭に「幽霊」という文字がちらつく。

（本当に存在するのかしら？）

不思議な現象について、クラウディアは否定できる立場にない。

自分自身が逆行して、人生をやり直しているのだから。

なのに、どうして素直に認められないのか。

「わたくしも城壁塔を確認したいわ」

気付いたら、そう口にしていた。

騎士の報告が信じられないのではなく、自分の見たものが信じられなかった。

騎士の先導に従い、城壁塔を目指す。

「ヘレンは無理しなくてもいいのよ？」

「ご心配ありがとうございます。――わたし、気付いたんです」

パニックになっていたのが嘘のように、いつの間にかヘレンの瞳には揺るぎない意志があった。

「クラウディア様が害される恐怖に比べれば、幽霊なんて大したことありません！」

幽霊が出たところで、自分にとって何ら危機的な状況ではないと。

目が覚めました、と笑う。

（素直に喜んでいいのか迷うわね）

克服できたのなら、めでたい。

けれど頭での理解と感情は別ものだ。

（ヘレンが大丈夫だと言っている限りは見守りましょう）

わざわざ水を差すこともなかった。

先ほどと同じ順路を辿る。

歩きながら、クラウディアは幽霊を信じられない理由に思い至った。

（ローズガーデンで、わざと幽霊の噂を流したりするからだわ）

クラウディアがトップを務める犯罪ギルド「ローズガーデン」。

司祭の話にもあった通り、人の来ない廃れた場所は、ならず者が拠点として使うのに最適だった。

そして場所によっては、人避けのために幽霊の噂を流す。

都市部ならまだしも郊外ならば、怖いもの見たさでやってくる者はほぼいない。

なぜなら大人も子どもも生きるのに精一杯で、遊んでいる余裕がないからだ。

人為的に噂を流す事例を知っているからこそ、どうしてもクラウディアは幽霊に対して懐疑的になってしまう。

ちなみに元城下町なだけあって、この辺りは郊外でも賑わいがあった。

こういう場所は生活に少し余裕があるため、大人でも子どもでも、ちょっと足を伸ばしてみようとする者が現れる。

だからローズガーデンなら、ここで幽霊の噂を流したりしないのだが。

(修道院が人の防波堤になっているのね)

教会や修道院は一種の聖地である。

部外者が踏み荒らしていい場所ではないと子どもでも知っていた。

酔っ払いでさえ、修道院の壁を汚すのを避ける。

興味本位で肝試ししようとする輩も二の足を踏むようで、部外者の侵入に困っているという話はなかった。

(まだ古城が修道院として機能しているから)

修道者が退去すれば、すぐさま荒らされそうだ。子どもにとっては危険な遊び場になるだろう。

解体工事をおこなうのは、地域のためにも理にかなっている。

つらつら考えながら歩いていると、気付いたときには城壁塔へ続く廊下に立っていた。

「ここに、いましたよね?」

窓から見えた人影の位置をヘレンが指差す。

「そうね。城壁塔へ向かって歩いているように見えたわ」

「わたしは揺れているように見えました」
「ええ、そうともとれるわね」
揺れていた、というのも間違いではない。
いかんせん歩いていたにしては、いささか不自然な動きだった。
そう思った原因は、長い髪の揺れ方だ。
大きく頭を左右に揺らしながら歩いているように映った。
先導してくれていた騎士の一人が城壁塔のドアを開けてくれる。
「何もないわね」
城壁塔内部は、仮に鎧を着た騎士が二十人集まっても余裕がある程度に広かった。
調度品が一切ないため、ネズミが潜むのも難しそうだ。
ただ使用していなくても清掃はされているようで、ホコリは溜まっていない。
こういった場所は、人の手が入っていないとすぐに朽ちてしまう。
老朽化を防ぐため、修道者たちが手をかけているようだ。
しかし、薄気味悪い。
生温い空気が皮膚にまとわりついてきて、腕をさする。
(幽霊が近くにいると寒くなるって聞くけれど)
秋に入り、夜は肌寒い。
暖房がない砦も、もちろん寒いはずなのに。

なぜかその逆で。

不可解さが、正体の知れない怖さを呼ぶ。

（来たのは早計だったかしら）

騎士の報告にあった通り、他の気配はない。

わかっていたことだけれど、自分の目で確認したほうが安心を得られる気がしたのだ。

事実を受け入れられると。

（何もないことが、これほど不気味なんて）

はじめての体験だった。

何もない、ということは、脅威もない、ということだ。

安心していいはずなのに、ちっとも落ち着かない。

ヘレンが幽霊を怖がる理由がわかった気がした。

結局、収穫のないまま部屋へ戻る。

クラウディアもヘレンも、水差しを取りに行く気力は残っていなかった。

（忽然と消えた人影……）

眠る前、なぜかクラウディアの頭には、劇場で出会った美しい青年のことが思いだされた。

悪役令嬢は修道者になる

朝になると、先輩の女性修道者が水差しを持って様子を見に来てくれた。

昨晩のあらましを聞いたという。

「入居日に髪の長い女の霊を見るなんて、散々でしたね。夜は眠れましたか？」

「はい。二人部屋にして良かったと、つくづく思いました」

長距離移動をした疲れもあって、あのあとはヘレンと二人、同じベッドで眠った。

おかげで怖さも薄れ、朝日を見たときには、夜のことが全て夢のように感じられたほどだ。

「正直、幽霊の件はわたしどもも持て余しているんです。司祭様と一緒にお祈りをしてみても、結果はご存じの通りで。害がないことだけが不幸中の幸いです」

ただそこにいるだけなので、黙認されていた。

「修道者の中でも信じる者、信じない者、半々といったところです。こうして目撃情報がある以上、いないとは言い切れないんですけど」

「何かの見間違いという線は、捨てきれませんものね」

「そうなんです。幽霊の正体見たり枯《か》れ尾花《おばな》、という言葉もありますから」

疑心暗鬼になるあまり、現実を誤認してしまうことは少なくない。

時に人は、見たいものだけを見る。

クラウディアもヘレンも、護衛騎士も、修道院にまつわる幽霊話は知っていた。

逆に知っていることで、違うものを見ても、そうだと決めつけてしまう場合がある。

（案外、人の認識って信用ならないのよね）

カーテンのかすかな揺れを外からの風が原因だと思い、窓が開いていると早とちりしたり。

あとからヘレンが窓を開けて驚いた覚えがある。

自分の中では、窓は開いている認識だったから。

「ですが、先ほども言った通り、害はありません。その点は安心してお過ごしいただけたら幸いです」

「はい、必要以上に怖がらず、修道院の生活に集中したいと思いますわ」

「ふふっ、慣れないことが多いでしょうから、意識せずとも慌ただしく時間が過ぎていきますよ」

教会から支給されるローブを受け取り、シャツの上から被る。

クラウディアは髪をまとめてポニーテールにした。ヘレンはいつも通りだ。

身支度が済んだら軽く自室の掃除をし、朝食のために食堂へ移動するところからクラウディアたちの一日ははじまった。

食事は、朝と晩の一日二食。

料理は一週間ごとの当番制で、一日だけクラウディアとヘレンも手伝わせてもらう。

「朝食が済んだら、皆で広間へ移動してお祈りをします」

広間には司祭が立つ教壇と、長椅子が並べられていた。

礼拝堂として使われているようだ。

（昔はここでパーティーなどが開催されていたのでしょうね）

馴染みのある造りに、着飾った紳士淑女がダンスを踊る光景が浮かぶ。

今は落ち着いた空気の中、時折、鳥のさえずりが聞こえた。

窓から入る陽光が、石造りの壁や床を静かに照らす。

壇上に立つ司祭の合図で、お祈りがはじまった。

集まった修道者たちは全員着席し、目を閉じて胸元で手を組む。

司祭の柔らかい声が教典の一節を読み終えるまで、その時間は続いた。

続けて、司祭が一日の教えを説く。

「新たな仲間を迎え、浮き足立つ者もいるでしょう。出会いとは、嬉しいものです。ですが私たちが積み重ねる一日一日が尊く、価値のあるものだと忘れないでください。何もない日常が、平和の証であることを。つまらない日常が、富の証であることを」

余裕があるから暇を感じられる。

肝試しに行こう、なんて発想が生まれる。

けれど、貧しく、食べるのにも困る日々だったらどうだろう。

司祭の言葉に耳を傾け、想像する。

貧民街に「暇」なんてない事実に思いを馳せる。

（司祭様のおっしゃる通り、鈍感になってはいけないわ）

恵まれているからこそ、こうして考える余裕があるからこそ、忘れてはならないことがある。

司祭の話が終わると先輩修道者に声をかけられ、ヘレンと二人、庭へ案内された。

元は広い庭園だったのだろう。

ところどころに残っている生垣が面影を窺わせた。

見上げる青空の中に、何本かロープが渡っている。

視線を下げれば、日常生活ではげた芝生が広がり、その上に大きな桶が三個並んでいた。

「ここが洗濯場です。大きいリネン類は週に一度、他は天気が良い限り毎日洗います」

混ざって困るものは、皆、刺繍《ししゅう》で名前を入れているという。

肌着だけは自分で洗う人も多いとか。

「水は傍の井戸から汲《く》んで、使用後はできるだけ排水溝へ流します。このあたりは皆、大雑把だけど」

よく見れば生垣に沿って側溝があり、ところどころ格子状の蓋がついた排水溝が設置されていた。

一番近くの排水溝周りは土がむき出しになっていて、大雑把という言葉がよくわかる。排水溝の手前で水を流すから、芝が根付かないのだ。

「クラウディアさんとヘレンさんには、干すのを手伝っていただきますね」

「わかりました」

先ほど見たロープは、洗濯物を干すために張り出されたものだった。

端の片方は古城の窓、もう片方は庭にある木にくくりつけられている。

取り入れるときは、木のほうにある結びを解き、窓からまとめて洗濯物を入れるという寸法だ。

「だいぶ気を遣われているわね」

「クラウディア様の手を荒れさせるわけにはいきませんから」

洗う段階が終わるまでは見学を言い渡された。

極力、水仕事をしないよう手配されているのが伝わってくる。

クラウディアたちの言葉に、先輩修道者が口を開く。

「手順を知っていてくださるだけでも十分です。それに本で読むより、こうして現場を見るほうが記憶に残るでしょう？」

令嬢として暮らしていれば、知らないまま終わる。

修道者の心がけはもちろん、日常の裏でおこなわれている一面を知ることが、この二週間で大切なことだった。

先輩修道者のあかぎれだらけの手を目に焼き付ける。

これからの季節、水を使うのはもっと辛くなるはずだ。

井戸から汲んだ水が桶に張られ、数枚の洗濯物が入られていく。

洗濯には石けんと洗濯板が用いられていた。

「生地の素材によっては、手でもみ洗いします」

ところどころへレンも補足してくれる。

手順はリンジー公爵家の屋敷と大きく変わらないとのこと。

「今日はシーツなどの大きなリネン類があるので、わたしとしては心が躍ります」

「あら、どうして？」

「まずシーツは手洗いだと間に合わないので、足を使って踏み洗いをするんです。それを絞ってロープに吊るすんですが、面積が大きい分、重くて重くて……だけど視界いっぱいにシーツが広がる光景は、洗濯が終わった満足感と相まって清々しいんですよ」

目の前で笑顔がキラキラと弾ける。

ヘレンも、元は貴族令嬢だった。

没落し、母親と二人で家事をしていた時期もあったのは聞いている。

だとしても、こんな風に楽しめるものなのだろうか。

「母が元々、苦なく家事をする人で。わたしが手伝う折、なんとか楽しませようとしてくれたのが大きいかもしれません」

日々の繰り返し。

放っておけば埋もれていく日常。

その中で小さな喜びを見付ける方法を、ヘレンの母親は娘に伝授した。

「でも一番励みになるのは、仲間がいることですね。一人だと辛い仕事も、仲間がいれば、疲れたね、でも達成感があるね、って分かち合えるじゃないですか」

「そうね、ヘレンの言う通りだわ」

どんなに自分を励ましても、壁打ちでは限界がある。

思いのほか、自分を愛するのは難しいものだ。

でもそんなとき、誰かが声をかけてくれれば、俯瞰《ふかん》して見ることができた。

自分の頑張りを素直に認められた。

「いつだって、ヘレンはわたくしに前を向く勇気をくれるもの」

ありがとう。

感謝を込めて笑顔を向ければ、ぎゅっとヘレンが目元に力を入れる。

「ヘレン?」

「すみません、あまりにもクラウディア様がお美しくて」

「何言っているの」

どこで感極まったのか、瞳を潤ます侍女の背中を叩く。

すすぎ終わった洗濯物が、クラウディアたちの出番を告げていた。


風がクラウディアの黒髪を攫《さら》う。

同時に隙間なくロープに干された洗濯物がバタバタと音を立てた。

ふわりと広がる石けんの匂い。

洗濯物が干し終わった光景に、うん、と頷く。

「ヘレンの言っていたことがわかる気がするわ」

一面に白いシーツが並ぶのを見ると、達成感が湧いてくる。

濡れた衣類には重みがあり、気付けばクラウディアのこめかみにも汗が浮かんでいた。

「やりきると気持ち良いですよね」

「ええ、一仕事終えたって感じるわ」

生活の中の、小さな一区切りだったとしても。

満足げにヘレンと顔を見合わせていると、先輩修道者が保湿クリームを持ってきてくれた。

「どうぞ、水仕事の終わりには、必ずクリームを塗るようにしているんです」

先輩の手にはあかぎれがあるものの、ないときに比べればだいぶマシだという。

「サンセット侯爵家が援助してくださってるので、物資は豊かなほうなんですよ」

「この城自体、サンセット侯爵家からの寄付でしたわね」

「そうです。土地に縁があるおかげで、ずっと援助していただいています」

クラウディアたちが来るときに使った通りをこのまま郊外へ進んでいくと、サンセット侯爵領へ着く。

王都全体が元はサンセット家のものだったことを鑑みれば、縁が深いのも道理だ。

「現在では王家の直轄領ですけど、分家のお墓も移転されることなく、城からほど近い林に残ったままです」

林には周辺住民のための墓地があり、その一角に分家の人々も眠っているという。

「さぁ、一息ついたら次は掃除です。保湿クリームは水仕事をする際の備品入れに常備してありますから、いつでも使ってくださいね」

掃除場所は、朝お祈りをした広間だった。

庭から向かう道中で、話に上がっていたサンセット侯爵家の馬車を見かける。

「ああ、いつもあんな感じで物資を運んできてくださるんです。あとはパトリック様が直々に小切手を持ってきてくださったり」

「直接持って来られるのですね」

郊外にある修道院へ貴族が足を向けるのは珍しい。

領地が近いといっても、それならそれで領地の修道院へ行くものだ。

「ご当主も含め、パトリック様も司祭様の教え子だからだと思います。昔はよく侯爵家のお屋敷に呼ばれていたと聞いていますから」

貴族が教師として修道者を呼ぶのはよくある。

教会の教えを聞き、そこで倫理観を学ぶのだ。

大体は王都にいる権威の高い順に声をかけるのだが、サンセット侯爵家は違った。

司祭は修道院のトップではあるものの、教会の組織図から見れば、さほど地位は高くない。

(予想以上に繋がりが深いのね)

分家が城主を務めていたことも含めて、この地はサンセット侯爵家にとって重きをおく場所のようだ。

だったらなぜ王家へ譲渡《じょうと》したのか。

少し気になるが、箒とぞうきんを渡されたところで思考は途切れた。

「掃除は高いところからおこなうので、まずは壁や窓をから拭きしてください。そのあと、床を掃いていきます」

広間は他より天井が高い。

そのため壁の掃除にはハシゴが用意されていた。

移動しやすいように、まずは並べられた長椅子を広間の端へ寄せていく。

毎日するにしては中々の大掃除だ。

「さすがに他の部屋はここまでしませんよ。普段、広間は礼拝堂として一般公開されているので、人の出入りが激しいんです」

修道者だけでなく、周辺住民もお祈りに来るという。

外からの来客が多いと汚れも溜まりやすい。また住民たちが気持ち良くお祈りできるよう、清潔さを保つよう気を配られていた。

クラウディアの滞在中は、警備の面で休止されている。

「ご迷惑をおかけしていますわね」

「気にしないでください。クラウディアさんの滞在がなくても、取り壊しは決まっていますから。既に別の教会堂を利用されている住民の方も多いですよ」

取り壊しがはじまれば、今いる修道者たちは司祭も含めて全員、近場の修道院へ配属される。

「施工主が決まらないのが難点ですが、転居先の修道院への移行期間が長くなったと思って、わたしたちは過ごしています」

早めに移動してしまうと、城に人がいない期間が生まれてしまう。

その隙にならず者がやって来ないとも限らないので、治安のために修道者たちはギリギリまで滞在することが決まっていた。

「司祭様は子どもの頃からお過ごしなので、離れがたそうですけど」

喋りながらも手は止めない。

クラウディアはハシゴを支えるように言われ、先輩修道者が慣れた手つきで壁を拭くのを手伝う。

次の行動を考える前に指示が飛んでくるので、ひたすら言われた通りに動くのを繰り返していた。

拭き掃除が広間の正面に差し掛かったところで、掲示板があることに気付く。

食堂から来るときも、庭から来るときも中へ続く廊下を通ってきたので、正面入り口を見たのはこれがはじめてだった。

壁上部の拭き掃除を終えた先輩修道者がハシゴを降りてくる。

そこでクラウディアの視線を察し、掲示板について説明してくれた。

「礼拝堂の使用スケジュールや地域のニュースなどを貼り出しているんです」

中でも数件の張り紙が目を引く。

「血統書付きの犬が行方不明なのですか？」

「ええ、商人が飼われていた犬だったと思います。他にも数件、ここ数か月で動物が行方不明になることが続いているんですよ」

犬に限らず、動物の種類は鳥や猫と様々だった。

大きいものでは羊なんかもある。

「常に一件ぐらいはあるものなんですけどね。猫なんかはいなくなったと思ったら、他で家族を作ってたりしますから」

また猫は、死に際を人に見せないともいう。野生の本能が残っている分、弱った姿を人に見せようとしないのだ。

飼い主は諦めきれず探してしまうけれど。

「一つ一つは、不思議ではないんですけどね。血統書付きの犬も、庭で放し飼いだったと聞いていますし、羊も脱走しますから」

動物の機微を全て理解するのは無理がある。

けれど短期間に重なると、何かあるのではと勘ぐってしまうのだった。

「どうしても幽霊話が頭を過って……、いえ、そんなはずないんですけど」

夜な夜な生け贄を求める白いドレスを着た霊。

昨夜クラウディアたちが見たのは、髪の長い女の霊だが、白いドレスを着た霊も噂になっている。

関連付けて考えてしまうのは仕方なかった。

(もしかしたら動物の失踪が霊の正体かもしれないわね)

偶然にも動物がいなくなる事件が続く。

原因がわからず、不安になる心が生け贄を求める幽霊を作り上げた、というのはありそうな話だ。

(髪の長い女の霊は、目撃情報があるから厄介だわ)

往々にして、幽霊の噂は、目撃者の情報が曖昧だった。

友だちの友だちから聞いた話、という風に、個人の特定ができないまま、噂だけが広がっていく。

夜な夜な生け贄を求める白いドレスを着た霊も、例に漏れない。

人や動物が襲われたという幽霊話はあっても、実際の痕跡は確認されていないのだ。

だからあくまで噂なのである。

髪の長い女の霊は、それと一線を画していた。

目撃者はクラウディア自身。

疑う余地などなかった。

護衛騎士が一緒だったから、幽霊がパトリック夫人の仕込みである可能性もない。騎士団は国王や王太子の管轄であり、王妃といえども好きにできなかった。

特に今回はクラウディアのため、シルヴェスターが編成していた。

そもそも安全が確保されているから、滞在先として認められている。

(結局のところ、幽霊の有無は関係ないのよね)

害がないのなら、いてもいなくても同じ。

(考えるだけ無駄なのかもしれないわ)

ハシゴを使った作業が終わり、今度は先輩修道者と手が届く範囲の壁と窓を拭いていく。

クラウディアは与えられた仕事に集中した。

掃き掃除を終え、長椅子を並び直したところで、お昼を迎えようとしていた。

昼食はない。

けれど慣れない環境のせいか、空腹は感じていなかった。

なんだかんだ一番大変なところは先輩修道者たちがやり、クラウディアは簡単な手伝いをするだけで済んでいる。

お腹が空かない原因は、どちらかというと後者にありそうだった。運動量が少ないのだ。

次はどこに配属されるのだろうかと指示を待っていると、司祭が顔を出す。

「どうですか、修道院での暮らしは？」

「皆さんのご配慮のおかげで、難なく過ごさせていただいております」

ヘレンが危惧していたような嫌がらせは一切なかった。

むしろその逆で、ずっと先輩修道者が世話を見てくれている。

これでお妃教育になるのか心配になるくらいだ。

クラウディアの考えを見透かした司祭がにこにこと笑う。

「苦労を知ることは大事ですが、必ずしも実体験である必要はないんですよ」

何も知らないよりは、本の知識でもあったほうがいい。

文字でしか知らないよりは、自分の目で見たほうがいい。

当事者を知らないよりは、現場の声を聞いたほうがいい。

「追体験することで、身近に感じられるようになります。その分、記憶にも残りやすい」

知って、忘れないことが大事なのだと司祭は言う。

「ずっと意識している必要はありません。ふとしたときに思いだせたら十分です。頭の引き出しに残った記憶は、あなたの知恵となり力となるでしょう」

城を案内しましょう、と誘われ、司祭に続く。

広間を出て廊下へ。

コツコツと石畳が音を鳴らすのを聞きながら、着いたのは一階にある回廊だった。

「壁にかかっている肖像画は、歴代の城主のものです」

「サンセット侯爵家の分家の方々ですわね」

「その通り。この地がサンセット家から王家へ譲渡されたあとも、城主はサンセット侯爵家の方が務めました」

額に飾られた人の多くは、金髪に紫目を持っていた。

分家の中でも、サンセット侯爵家の特徴がよく出る血筋だったようだ。

等身大で描かれたバストアップの絵が年代順に掲げてあった。

「司祭様は本家の方とも交流があると聞きましたわ」

「ええ、パトリック様やアレステア様のことは、生まれたときから存じ上げています」

司祭は、サンセット侯爵家が古城を寄付してからの付き合いだという。

「引き続き侯爵家が管理するのではなく、寄付された経緯をご存じですか？」

「理由を伺ったわけではありませんが、城主を務めていた分家が断絶し、王家の顔色を窺われたのではないかと」

妥当な線だった。

最初こそ人手不足だったとしても、王家としては行政官を派遣したかったはずだ。

歴代城主を務めていた分家が途絶えたのは、良いきっかけになっただろう。

「教会へ寄付すれば、古城は教会のものとなります。少なくとも建物だけは、王家の意向から外すことができます」

サンセット侯爵家は、せめて上物だけでも残そうとした。

無念にも終わりを迎えることにはなったが、少なくとも分家が途絶えてから五十年ほどは、目論見通りにいった。

司祭と長い付き合いなのも頷ける。

侯爵家にとって司祭は、城の次なる守り手だったのだ。

修道院の利用も広間から客室、あとは生活に必要な調理場などに留め、執務室や私室は使われていないという。

歴代の肖像画を眺める。

こういった絵は、客から注文が入るため得てして美化されやすい。縁談の際に渡す釣書に付ける絵姿もそうだ。

額の中の城主たちも、もれなく美しい顔立ちをしていた。

その袖口。

家紋をあしらったカフスを見た瞬間、ドクン、と心臓が大きく脈打つ。

（うそ……）

見覚えがあった。

逆行前も併せて、人生で見たのは一度きりだったけれど、間違いない。

劇場で出会った、美しい青年と同じ家紋だ。

（分家の血筋だったの？　いえ、そんなはずはないわ）

もう何十年も前に分家は途絶えている。

「この家紋は、他の分家でも使われていますか？」

「え？　いいえ、今はもう使われていない家紋ですよ」

当然の答えだった。

家紋が引き継がれていたなら、途絶えたとは言わない。

それにサンセット侯爵家ほどの名家の分家の家紋を、クラウディアが覚えていないはずがないのだ。

では、あの青年は一体――？

（古着屋で購入したのかしら？）

これも線としては薄い話だ。

調度品を処分する際、中古品として古物屋に売られることはよくある。

けれど家紋が入ったものとなると話が変わった。

クラウディアのように他家の家紋を一通り覚えているのは稀だ。大体の貴族は関わりのある家のものだけを覚える。

地方に行くほど顕著で、主流の家紋は覚えていても、その分家までは覚えていないことが多い。

そこで家紋の入ったものが中古品で売られていたらどうなるか。

詐欺をしろと言っているようなものである。

カフスはその代表例だ。

身に着けているだけで、貴族を装えるのだから。

基本的に特注で作られることもあり、カフスなどは在庫管理が徹底されている。処分の際も――

それこそ家が途絶えない限り、破損しても修理して使うのだが――流出しないよう木っ端微塵に壊される。

(運良く手に入れたのかしら?)

人はミスをするものだ。

壊されず、残ってしまったカフスがあったのかもしれない。

(劇場へ侵入するために貴族を装った？　でも、何のために？)

自分に話しかけるのが目的だったとして、青年に何の得があったというのだろう。

ただ演劇の感想と、恋人との馴れ初めを聞いただけである。

あれ以来、青年とは会っていない。

加えて、なぜか「美しい」という印象しか思いだせなかった。

キラキラと輝く金髪を覚えている。瞳が紫色だったことも。

鼻筋も通っていた気がするのに、細部になった途端、記憶が霧散していく。

（人の顔を覚えるのは得意だと思っていたのだけれど）

娼婦時代のクセもある。客一人一人の特徴を、色んなものと関連付けて覚えていた。だというのに、青年の顔だけはぼんやりとしか浮かばない。

一人で首を傾げていると、隣でヘレンが司祭に訊ねる。

「司祭様は、噂されている幽霊についてご存じではありませんか？」

城の敷地内に現れる以上、縁があるのではと、ヘレンは考えたようだ。

「私も皆様と同程度のことしか知らないんです。髪の長い霊がどうして現れるのかさえ、わかっていません」

「そうなんですね……経緯がわかれば、何か対処できるかもしれないと思ったんですけど」

「お力になれず、すみません。ヘレンさんもクラウディアさんも昨晩のことがあったばかりですから、不安ですよね。もし滞在を続けるのが難しいようであれば……」

「その心配には及びませんわ」

中断してもいい、という司祭の提案をやんわりと断ったのはクラウディアだ。

ヘレンも頷く。二人とも、お妃教育を中断する意思はなかった。

ここで逃げ帰れば、パトリック夫人の思うつぼだ。

「司祭様や他の修道者の皆様が問題なく生活しておられるのです。それにわたくしは騎士たちに全幅の信頼を寄せておりますから」

存在を消しているが、今も護衛騎士が近くで待機していた。

要所には警備の者が立ち、昨晩のことがあって、城壁塔も見回りの対象になった。

これで枕元に幽霊が立つことがあれば、存在を認めよう。

けれど、そんな話は聞いたことがなかった。

髪の長い女の霊についても、遠くからの目撃情報があるだけで、触れられるほど近くで見た者はいない。

ハッキリと断言するクラウディアに、司祭の目元が綻ぶ。

「クラウディアさんたちの滞在は、修道者たちにも勇気を与えるでしょう。彼らも残りわずかの滞在だからと、気を奮い立たせているに過ぎませんから」

広間の正面入り口にある掲示板について教えてくれた先輩修道者が脳裏を過る。

彼女も動物たちの失踪が関連しないか、気にしている様子だった。

「司祭様はどのように考えておられますか？」

「幽霊の存在については否定も肯定もできません。教会では、きまぐれな神の、奇跡の産物だとは考えていませんから」

教会の教えに幽霊への対処法などがないことからも、彼らが関知する存在でないことが窺える。

否定しないのは、幽霊が土着のものだからだろう。安易に否定すれば、その場に住む人々のことも否定してしまうことになりかねない。

宣教において、住民と軋轢を生むのを教会は是としていないのだ。

だからか不思議と幽霊に関することで人々が助けを求めるのは、警ら隊ではなく修道者だった。

「私個人としては、ただただ安らかに眠ってくれるのを祈るばかりです」

「怖くはありませんか？」

「はは、もう棺桶に片足を入れているような歳ですからね。子どもの頃ならまだしも、今となったら、お迎えに来たのかな？　と思うくらいです」

司祭自身は幽霊を目撃したことがないと言う。

「司祭様には、ずっとご健勝でいていただきたいですわ」

心からの言葉だった。

ありがたいことです、と司祭は朗らかに笑う。

司祭の顔には、常に温もりがあった。

しわがれた手も指が短いせいか丸く見える。

広間での説法もそうだが、司祭の声は、暖炉の前で火がパチパチと爆ぜるのを聞きながら、絵本を読んでもらっているような安らぎに満ちていた。

角のない丸い見た目以上に、声にこそ、司祭の人柄が現れている。

サンセット侯爵家では親子で師事されているのがわかる気がした。

悪役令嬢は古城の血筋を知る

木漏れ日が、落ちた枯れ葉にフォーカスを当てる。

次いで風が吹き、赤みがかった黄色い葉は地上から巻き上げられた。

ヒラヒラと舞った先で、終着点を黒髪に求める。

「クラウディアさん、葉が」

「あら、ありがとうございます」

頭に着いた落ち葉を、先輩修道者が取ってくれる。

ヘレンと共に庭を掃いているところだった。

修道院の近くに林があるのもあって、掃除が終わる頃には、毎日小さな山が築かれた。

お妃教育、最終日。

二週間の滞在はあっという間に終わった。

初日以降、幽霊に惑わされることもなく、絵に描いたような平和な日々を過ごした。

今では目撃した白い人影も幻だったのではないかと思える。

最終日も特別なことはなく、帰る時間まで淡々と日常業務が続く。

「晴れて良かったわ」

箒を片手に空を仰ぐ。
空にかかる雲は白く、雨雲の気配はない。
ヘレンも空を見上げて、笑顔を見せる。
「帰りはドレスですからね。しっかりメイクアップさせていただきます」
滞在中、身支度は自分でするのが決まりで、修道者は化粧をしない。
久しぶりに侍女らしい働きができると、ヘレンはやる気に満ちていた。
ドレスといっても、どちらかといえばワンピースに近いシンプルなものだ。
(程々で良いのだけれど)
そう思っているのはクラウディアだけのようだった。
掃き掃除が終わったところで、サンセット侯爵家の馬車がやって来る。
援助物資の搬入かと思ったが、馬車は正面入り口で停まった。
馬車から現れたのは、パトリックだ。
本人が来ることもあるというのは本当だったらしい。
先輩修道者が司祭を呼びに行く。
その動きが視線を誘導したのか、パトリックの紫目と目が合った。
向こうもクラウディアに気付き、挨拶に来る。
「ごきげんよう、パトリック様」
「ごきげんよう。リンジー公爵令嬢は、今日がお妃教育の最終日でしたか」

まさか小言でも言いに、狙ってきたのだろうか。

でもその割には夫人が同伴していなかった。

考えている間に、パトリックがクラウディアの全身を一瞥《いちべつ》する。

「ふむ、やはり高貴な血筋は隠せるものではありませんな」

修道者として過ごしていても手入れは怠っていない。修道院側の気遣いもある。

髪に関しては及第点だが、一般的な修道者に比べれば上等だろう。

「姿勢、指先の一つをとっても、気品に満ちておられる。リンジー公爵も鼻が高いでしょう」

「お褒めいただき、ありがとうございます」

これは嫌みなのだろうか？

修道者になりきれていないと、指摘されているのか。

しかし紫の瞳に、嘲りは見られなかった。

クラウディアの返しにも満足げに頷いている。

内心戸惑っていたところで、司祭が正面入り口から現れた。

迎えに来たのにパトリックの姿が見えなくて、こちらもこちらで焦っていたようだ。

「パトリック様、お姿が見えなくて心配しましたよ」

「やぁ、司祭、お邪魔しているよ。クラウディア嬢を見かけたもので、挨拶をしていたんだ。この歳で迷子になることもあるまい」

それに勝手知ったる城だ、とパトリックは笑みを見せる。

相変わらず目の下にはクマがあったが、司祭と気心が知れているのは傍目にも伝わってきた。

「そうだ、よければクラウディア嬢を案内しよう。私ほど、この城を熟知している者はいないからね」

「では、お言葉に甘えさせていただきます」

「回廊は行ったかな？」

「司祭様にご案内いただきました」

「さすが司祭はわかっているね。あそこは城の象徴だ。では宝物庫はどうかな？」

まだ案内していないという司祭の答えで、目的地は決まった。

エスコートのため、パトリックが腕を差し出してきたので、クラウディアは軽く手をかけて並ぶ。

修道者ではなく貴族としての対応を求められているのを察し、ヘレンも侍女としてクラウディアの後ろに付いた。

正面入り口から入り、石畳の廊下を歩く。

「教会に寄付する際、調度品は全て取り払われてしまったが、この廊下にも赤い絨毯が敷かれていたそうだ。今では、その姿を知るのも司祭だけになってしまった」

「司祭様は修道院になる前の城もご存じなのですか？」

てっきり修道院になってから配属されたものと思っていた。

クラウディアの問いに司祭が答える。

「子どもの頃、城へ奉公に出ていたんですよ。ご縁が途切れ、修道者になったんですが、城が教会へ寄付されたことで、また結ばれましてね」

城が修道院として使われることが決まり、元いた修道院から転属になった。

「縁が深いことだ。城が司祭を手放さなかったのだろう」

「おかげでこうしてパトリック様と面識を得ることも叶いました。幼少の折、パトリック様が宝物庫によく忍び込んでおられたのも覚えておりますよ」

「忍び込んだとは人聞きが悪い。そもそも鍵もかけられていないではないか」

修道院になった時点で、宝物庫は名ばかりの場所になった。

それでもパトリックにとっては思い入れがあるらしい。

「行き先も告げずいなくなられて、何度肝を冷やしたことか。まだパトリック様は目星がついているだけ助かりましたが」

「そうだろう、妹のほうが手を焼いたはずだ」

王妃になった今でも行動的な人である。

どうやら子どもの頃からお転婆だったらしい。

（兄妹にとって、いい遊び場だったのね）

きっと勉強のために連れて来られていたのだろうけれど。

予想外のところで微笑ましい話を聞き、頬が緩む。

馬車から降りてきたところを見たときは警戒したものの、パトリックに他意はないようだった。

（劇場のときも、そうだったわ）

夫人の発言に同調していたものの、一度たりともクラウディアを蔑《さげす》む様子は見られなかった。

夫人とは切り離して考えたほうがいいかもしれない。

廊下の先にある階段を降り、地下一階へ。

目の前にある廊下を進んだ先に宝物庫はあった。

場所は、ちょうど正面入り口の真下にあたる。

鍵がかかっていないどころか、ドアさえ開け放たれていた。

「地下は湿気がこもりやすいので、換気のために開けているんです」

「ほら、忍び込むという表現は正しくないだろう？」

「これはパトリック様のほうに軍配が上がりますわね」

司祭にしてみれば、子どもが勝手にいなくなるのが問題なのだろうけれど。

「子どもの頃は、広く感じたものだが……」

感慨深げにパトリックは宝物庫を見渡す。

所蔵品がなくなった物置は、がらんとしていた。

石造りの壁に床、天井を支える大きな柱以外には何もない。

ただ城壁塔と同じく、使われていなくとも掃除はされていた。換気のおかげでかび臭さもなく、静かな場所だった。

「ここには城の歴史が、この土地の歴史があるのだ」

そう言って、パトリックは石の壁を撫でる。

「建材には当時のものが使われている。他の部屋は痛んだところから改修されているが、宝物庫だけは建設当時から手を加えられていないのだ」

最初から頑丈さを求められたためだろう。

すぐに劣化するようでは、宝物庫として機能しない。

結果、今も当時の姿を保っている。

「クラウディア嬢も、我が家の大まかな歴史はご存じだろう」

「わたくしだけではなく、歴史を習う皆が知っておりますわ」

リンジー公爵家もだが、サンセット侯爵家も歴史の授業で登場する。

それだけ支配地域の中心部を王家へ譲渡した功績は大きかった。

うむ、とパトリックが頷く。

「我がサンセット侯爵家は、爵位を賜る前からこの地を治めていた。そのときから、この城はずっとここにあったのだ」

ハーランド王国の王都がまだ港町にあった頃。

城の城壁塔は監視塔として機能し、この城は砦だった。

「領地にも、もちろん同じだけの歴史がある。だが領地外で、歴史が形として残っているのはここだけだ」

物言わぬ石の壁。

何も知らない者からしたら、古びた石壁だ。

「リンジー公爵家のご令嬢に、歴史を語るなど過ぎたことかもしれないが」

「いいえ、歴史に敬意を払われているお姿は、見習いたい限りですわ」

「やはり血筋ですな。理解が深くあらせられる。王太子は良き方を選ばれた。妹も安心していることでしょう」

「勿体なきお言葉です」

ここまでくると夫人との温度差が気になった。

最近、仲睦まじいと聞いているけれど、クラウディアに対する姿勢については話し合われていないのだろうか。

「お父君はどうしてあのような軽率な行動に出られたのか。だが後継には恵まれましたな。ご嫡男に爵位を継がれればリンジー公爵家も安泰でしょう」

暗に父親は認めていないと言われる。

不義に関してはクラウディアも同意見だ。しかしパトリックは、血筋に重きを置いている節がある。

「侯爵家は無理でも、せめて伯爵家の娘だったら良かったものを」

その一言が全てだった。

（相手の血筋さえ良ければ、不義も認めるのね）

政略結婚が主流の貴族社会。

悲しいかな、愛人を作るのは珍しい話ではなかった。

未亡人の後援者になることはステータスでもある。

だとしても。

子どもの立場では、受け入れられるものではなかった。

（きっとこの考えは、パトリック様には通じないのでしょうね）

血筋を重要視するのも、貴族にはよくあることだ。王族派は特にその傾向がある。

宝物庫を出たあと、パトリックはお祈りのため一人で広間へ向かった。

「よく宝物庫へ行く子どもではありましたが、昔からパトリック様は敬虔《けいけん》であらせられます。子どもにありがちですが、きまぐれな神による奇跡の話が大好きで、よくせがまれたものですよ」

パトリックについて語る司祭は、好々爺《こうこうや》としていた。

教え子というより親戚の子どもに近い感覚なのかもしれない。

「お城に奉公へ出られていたということですが、分家が途絶えた理由もご存じですか？」

少し気になっていたことを訊ねる。

これだけ歴史があるのに、なぜ分家は途絶えてしまったのだろうか。

肖像画からも本家の血が色濃かった。

嫡男が生まれなくとも、家を存続させる方法はある。

クラウディアの質問に、司祭は眉尻を落とした。

「あれは悲しい出来事でした。子どもながらに、強くそう思ったのを覚えています」

先に嫡男が亡くなり、養子を取る間もなく、不幸が続いたという。

「あとから聞いた話によると、度重なる死に、本家からも分家からも人をやるのを躊躇われたとのことです」

そっと司祭が声音を潜める。

「ここだけの話ですが、呪われたのではないかという話も出るくらいで」

「えっ⁉」

「疑念を呼ぶほど、相次いだ、ということです。不吉さが勝り、本家が断絶を選ばれたのだと聞いております」

「もしかして、その頃にも幽霊が？」

「いいえ、幽霊の話は聞きませんでした。呪いも不幸が続いたから、後付けられたものでしょう」

流行病以外で人が立て続けに亡くなったため、誰かが別のところに理由を求めたのだろうと司祭は話す。

「偶然に意味を見出したくなるのが人間ですから」

司祭の言うことは、もっともだった。

クラウディアも頷き、残りのお妃教育に専念する。

けれど。

呪いと幽霊。

この二つは本当に偶然の産物なのだろうか。

（火のないところに煙は立たない、とも言うわ）

喉に刺さった魚の骨のような不快さが、クラウディアを蝕《むしば》み続けた。

「ふう、完璧です！」

修道院へ入居したのも夜なら、退去するのも夜だった。

白を基調とした直線的な裾広がりのドレスに、薄手のケープを羽織る。

髪は下ろして、化粧はナチュラルメイクに留めた。

夜会へ行くのではなく屋敷に帰るだけなので、必要最低限、といった形だ。

それでも品位が溢れるクラウディアの姿に、ヘレンは満面の笑みを浮かべた。

「ヘレンも二週間、お疲れ様」

「わたしにとっては休暇のようなものでしたよ」

修道者として過ごすのがお妃教育の目的だったが、実際のところは配慮し尽くされていた。

手が荒れたり、力がいる作業は避けられ、クラウディアとヘレンは表面的なことだけを任された。

屋敷では侍女としてがっつり業務にあたっているヘレンにしてみれば、仕事とは呼べないくらいだ。

知り、覚えてくれていたらいい、と司祭は語った。

結局のところ、クラウディアに求められているのは肉体労働ではないのだ。

修道院だけで話は終わらない。

いかに苦なく、人々が生活できるか。

少しでも楽なほうへ導くことが望まれている。

忖度が全くないわけではないだろうけれど、決してはき違えてはダメだ。

適材適所、未来の王太子妃としてできることを考えろ、それがこの二週間のお妃教育の本質である。

「では、行きましょうか」

「はい！」

修道院を出るまでは、自分で荷物を運ぶ。

正面入り口へ着くと、司祭をはじめ先輩修道者たちが全員揃っていた。

司祭が一歩前へ出て頭を下げる。

「二週間、お疲れ様でした」

「こちらこそ、お世話になりました。司祭様、皆様から学んだことは決して忘れませんわ」

にっこりと優しく笑う司祭を見て、周囲へ視線を巡らす。

修道者たち全員の顔を確認したあと、改めてクラウディアは礼を告げた。

「今まで、ありがとうございました」

二週間、長いようで短い滞在だった。

それでも先輩修道者たちは目に涙を浮かべてくれた。

皆、いたって普通の人たち。

教会というカテゴリーに属しているだけで、中身は何ら変わらない。

ヘレンがクラウディアを馬車へ促すと、パチパチと手を叩く音が鳴り始めた。

拍手の輪が広がり、大きくなっていく。

馬車の窓から見たときには、司祭を含めて、全員が笑顔で大きな拍手を送ってくれていた。

温かい光景に目頭が熱くなる。

(わたくしに、できること)

こうしてほしいと言葉にはされなかった思い。

平和な日常の中で、託されたものをくみ取ってこそ、指導者になれるのだろう。

ヘレンが腰を落ち着かせたのを見て、馬車を出発させる。

「荷物を置いたら、フラワーベッドへ向かうわ」

「お休みになられないんですか?」

「十分、休んだでしょう?」

クラウディアの答えにヘレンが苦笑する。

慣れないことや、普段以上に力を使うこともあるにはあった。

けれど三日目以降からは目新しいこともなくなり、手持ち無沙汰になった。

修道院へ滞在するため、書類仕事をいくつか前倒しにしていたので、特にすることもなかったのだ。

いくつか連絡を取り付け、報告を受けるだけで修道院外の業務も終わってしまった。

おかげでクラウディアにとっても、のんびりと過ごせた二週間だった。

悪役令嬢はお姉様を頼る

娼館「フラワーベッド」。

逆行前のクラウディアとヘレンが娼婦として在籍していた場所だ。

修道院から屋敷へ戻り、帰宅の挨拶を終えると、すぐさま男装して再度屋敷を発った。

周囲もまさかお妃教育から帰って、そのまま出かけるとは思うまい。

加えて娼館を訪れるには、客足が一段落するいい時間だった。

ミラージュを指名し、部屋へ通される。

木の温もりを好むミラージュの部屋は、木造の調度品で統一されていた。

ベッドの次に存在感があるドレッサーもウォールナット製だ。

書類机としても使える仕様なので、たまに客からもどこの工房のものか質問されるという。

部屋の主は、ローズとなったクラウディアを迎えるなり、真っ赤な唇で妖艶に微笑んだ。

「ローズ様からご指名いただけるとは、光栄の至りでございます」

カーテシーを見せ、さぁ、どうぞ、とベッドへ促される。

寄り添う際、大きく開いたドレスの胸元を見せるのも忘れない。

(相変わらず、余念がないわね)

サービスは必要ないとミラージュもわかっているはずだけれど、なぜかミラージュに限らず、フラワーベッドの娼婦たちはローズを誘惑しようと躍起になった。

(何度誘われても一夜は過ごさないわよ?)

今夜も話が終われば、お金を置いて帰る予定である。

にもかかわらず、ローズをベッドへ座らせると、ミラージュはしなを作った。

「近過ぎます」

見かねて同席していたヘレンが強制的に分離する。

「あら、お話しするときも、これぐらいの距離が常識よ？」

「営業していただく必要はありませんので」

ローズの代わりにヘレンが答えると、なんだい、とミラージュは緑色の髪をかき上げた。

営業用の口調でなくなり、人知れずローズはほっとする。

ミラージュの手管に真っ向から対応するのは、いかにローズでも骨が折れた。

「もう少し楽しませてくれたっていいじゃないか、夜は長いんだ」

「ローズ様の時間は有限です」

「一時間ぐらいしっぽりする時間はあるだろう？」

「ありません！」

「つれないねぇ」

言いながら、ミラージュは大きな胸をむぎゅっと押し付けてくる。

下着を着けていないらしく、腕が柔らかさに包まれた。

（下着なしで胸の形を保てているのだから、体形維持の方法は問題なさそうね）

わざと違うこと考えて気を逸らす。

ちなみに下着がなくてもドレスの縫製である程度、補助はできる。

それを差し引いてもミラージュは豊満なバストの形を保っていた。

こほん、とローズは喉を整える。

ローズである間、クラウディアは声のトーンと口調を変えた。

「話は事前に伝えてあった通りだ」

「怪談についてだね。夏が旬なんだけど……ちょっと温度を上げていくかい？」

「ミラージュさん！」

そろりとミラージュがローズの頬を撫でたのを見て、ヘレンが声を上げる。

間に入ってきそうな勢いを見て、ミラージュはからりと笑った。

「あはは、少しぐらい許しておくれよ。こっちは足を開きたくなるのを我慢してるんだ」

「下品です……！」

「娼館で何を言ってるんだい」

逆行後、ヘレンが娼館に行くのをクラウディアが阻止したため、娼館の空気感にヘレンは慣れていない。

それがローズの目にも、微笑ましく映った。

先輩娼婦だったヘレンが、この変わりようである。

ミラージュもヘレンの反応が楽しいらしく、目尻を落として笑ったままだ。

「はいはい、本題に入ればいいんだろう？」

逆行前も含めた知人の中で、幽霊話に一番詳しいのはミラージュだった。

そのミラージュは客からの情報を元にして、怪談を披露している。

地域ごとに分類されているのを知っていたため、何か情報を得られないかと思ったのだ。

司祭は偶然で片付けていたが、劇場で会った美しい青年のこともあり、クラウディアは呪いや幽霊といった話が出る背景を探りたかった。

「二人が見たのは、髪の長い霊で間違いないね」

ミラージュが帰り道を急ぐ少年の怪談を語る。

ゆらゆらと髪の長い霊が現れた場所、風貌に関しても、クラウディアたちが見たものと一致した。

話を聞き終わったヘレンが、ほう、と息をつく。

「少年が無事で良かったです」

「この話を聞いた子は、皆そう言うね。悪さをするような霊でないのは確かだよ」

怪談話の中には水辺に引きずり込もうとする悪い霊もいる。

髪の長い霊については、目撃情報があるだけのようだ。

少年の恐怖体験を思えば、無害とも言いがたいが。

(目の前で首を吊った人の姿を見たのですから)

クラウディアとて平静ではいられない。

「同じ地域で聞くのは、夜な夜な生け贄を求めるってやつだね」

先輩修道者が心配していたのを思いだす。

ここで一つ気になったことがあった。

「髪の長い霊とは別の話なのか？」

「うん、別だね。生け贄を求めるやつは古くからある話さ。髪の長い霊のほうが歴史は浅いはずだよ」

「えっ、じゃあ、同時に二つの霊が存在しているんですか⁉」

「まぁ、怪談ってのはそんなもんさ。生け贄のほうも何かあったのかい？」

修道院の掲示板に貼り出されていた動物たちの失踪について伝える。

複数の霊の存在が衝撃的だったようで、ヘレンは口に手を当てたまま固まった。

「なるほどねぇ。近場で相次いでるってなると、ショックも大きいか」

ヘレンの様子を見かねて、ミラージュがベッドへ座らせる。

ローズ――クラウディアも、ヘレンの背中をさすった。

「ありがとうございます、落ち着きました」

「感受性の高い子は話を聞いただけでまいっちまうからね。こういうときは腹に何か入れるといいよ」

ベッドサイドにあったワインボトルとつまみを引き寄せる。

ヘレンがつまみを口にする間、ミラージュが人数分のグラスを用意した。

手際良く赤い液体が注がれていく。

「少しぐらい構いやしないだろう？」

「いただこう」

三人でグラスを持ち、軽くチンと音を鳴らす。

ローズが薦めれば、ヘレンも断らなかった。

芳醇《ほうじゅん》な香りを舌で転がしながら嚥下《えんげ》する。

苦みと熱が、自分たちが生きていることを思いださせてくれた。

「いいことを教えてあげるよ。怪談ってのはね、生きた人間が作り出すものなのさ」

死人に口なし。

自ら怪談を語る霊も存在しない。

「怖くて当たり前だよ。こっちは意地悪く、怖がらせようと話してんだから。エンターテインメントさ」

ただ実際に目撃してしまったことが風向きを変えていた。

「普通、こういうのは目撃者が不明なんだけどね」

「でもあれは間違いなく、髪の長い女の霊でした」

確かに見たのだと、ヘレンは言う。

一緒にいたクラウディアも護衛騎士も見ている。

けれど、ふと、ローズは首を傾げた。

「女、だったか?」

「え……あれ?」

よくよく、白い人影を振り返る。

特徴的だったのは揺れる長い髪だ。

ぼんやりと城壁塔へ向かう姿は、後ろから見たものだった。

先ほどミラージュから聞いた怪談に出てきたのは「髪の長い霊」で、女性だとは言及されていない。

「言われてみれば、女性だったかはわかりませんね。どうして女性だと思ってしまったんでしょう……」

「混ざったんじゃないかい？　生け贄を求めるほうは、白いドレスを着た女の霊だ。それに髪の長い霊は男性だとも言われてないからね。早合点しちまうことはあるよ」

今までずっと髪の長い霊も、女性の霊だと思っていた。

そこに引っかかりを覚える。

（正しくは、髪の長い霊。わたくしたちが目撃したのも、その通りだった）

クラウディアたちが勘違いしただけで、現れた霊は怪談と遜色なく。

ミラージュから話を聞く前にも、性別を断定していなかった人がいたのを思いだす。

だからといって何が確定するわけでもないけれど。

「ミラージュ、髪の長い霊の話は誰から聞いたんだ？」

ミラージュの怪談では、幽霊の特徴を正しく伝えている。

もしかしたら、これがオリジナルなのでは。

王城で聞いたのも含めて、クラウディアが知るのは「髪の長い女の霊」だったのである。

「お客からだから、情報元は明かせないんだけどねぇ」

そう言いながらも、ローズ様には特別だよ、と客の情報を教えてくれる。

出てきた名前に、ヘレンと顔を見合わせた。

同時に、色々と合点がいく。

「これは周囲を洗ってみる必要がありそうだ」

怪談は生きた人が作り出すもの。

クラウディアは、ミラージュの言葉を噛みしめた。

悪役令嬢は幽霊の真相に辿り着く

「お久しぶり、というには、まだ早いかしら?」

「あれから一週間ですか。滞在されていたのが、まだ昨日のことのようです」

首を傾げるクラウディアに、司祭は朗らかに笑う。

さぁ、どうぞ、と促されて修道院にある応接室のソファーへ腰掛けた。

窓から入る日差しが、二人の間に置かれたテーブルを照らす。

「本日は私に話があるとか」

「はい。どうしても目撃した幽霊のことが気になってしまって……」

「心をお煩《わずら》わせして申し訳ない限りです」

眉尻を落とす司祭をクラウディアは見つめ返した。

「わたくしなりに調べさせていただきました」

「何かわかりましたか」

「ええ、司祭様に工事を進める気がないことがわかりましたわ」

「…………」

司祭の表情が凍るのを見て、クラウディアは確信する。

彼は修道院を、古城を壊したくないのだと。

ミラージュが告げた、怪談の情報元。

それは目の前に座る司祭に他ならなかった。

なぜ、司祭は幽霊話をミラージュに語ったのか。

彼には動機があり、ローズガーデンと同じ手法を取ったのだ。

要は、人避けである。

「幽霊話で施工主が見付からないとおっしゃっていたのは、嘘だったのですね」

そもそも司祭は探してすらいなかった。

周辺の施工主に聞き込みをしてわかったことだ。

「こんなことをしても時間稼ぎにしかなりませんわよ？」

修道院の再編成は教会が決めたことだ。

いつかは移転を迫られる。

司祭は前屈みになると、震えを止めるように両手を組んだ。

「悪あがきでしかないことは、わかっております」

「サンセット侯爵家からの要望ですか？」

以前にもサンセット侯爵家は、古城を教会へ寄付することで延命を試みた。

今回もそうなのかと考えたのだが、司祭は大きく首を振る。

「いいえ、いいえ、侯爵家は関係ありません。これは私の勝手な一存です」

わがままでしかないのです、と語る司祭が、侯爵家を庇っているようには見えなかった。

「私は、クリスティアン様を、クリスティアン様のことを、世間に忘れてほしくなかったんです」

「事情をお聞かせ願えますか？」

司祭が少年時代、城へ奉公に出ていたことは知っている。

それからずっと縁があるのも。

ただイタズラに城の延命を計ったのではないと察していた。

クラウディアの言葉に、司祭は深く息を吐く。

そして、ゆっくりと思い出を語りだした。

「クリスティアン様は、分家の嫡男としてお産まれになられました。兄弟はおられませんでした。当時十八歳だった彼は、本家の血を色濃く継ぎ、輝く金髪に宝石のような紫目を持った、それは美しい青年でした」

奉公に出ていた司祭が十歳のとき、身の回りの世話を任されたという。

「子どもの頃から小柄でしたので、任せられる仕事があまりなかったんです。それを知ったクリスティアン様がお側に置いてくださったんです」

仕事は朝、主人を起こすことからはじまり、お茶出しや日用品の補充などが主な仕事だった。

「私のような子どもにも気をかけてくださる優しいお方でした。使用人の誰もが彼を慕っていました。クリスティアン様がいるだけで、この石造りの城が華やいだものです」

今や司祭しか知らない城の姿が、そこにはあった。

「子どもながらに一生お仕えしたいと思いました。しかし貴族社会は、クリスティアン様にとって優しくはなかった」

言葉を切り、司祭は口を結ぶ。

組んだ両手には、より力が入っていた。

「クリスティアン様は……クリスティアン様は、同性愛者だったのです」

絞り出された声は、心配になるほどか細かった。

クリスティアンは嫡男だった。

兄弟もいないとなれば、同性愛がどう重くのしかかるか、貴族社会に生きるクラウディアには痛いほどよくわかる。

「司祭様の口ぶりからして、ご家族の理解は得られなかったのですね」

理解があれば、家を継ぐための養子がとられたりする。

世継ぎを生むことだけが条件の、契約結婚もあるにはあった。

「クリスティアン様は親戚一同から責められました。嫡男として良家の嫁を娶るのが責務だと。時には口汚く罵倒されて。ベッドに裸の女性を入れられることもありました」

日に日に、クリスティアンは追い詰められていった。

既に聞くのも心苦しい展開だが、話には続きがあった。

最悪の、続きが。

「クリスティアン様に思い人がいることが家族にバレてしまったのです」

一人の使用人に対する態度の違いを看破《かんぱ》されてしまった。

十八歳の青年にとって、彼だけが心の拠り所だった。

「使用人は、馬車に轢《ひ》かれて亡くなりました」

「っ……」

ぎゅっと胸が締め付けられて痛い。

事故でないことは誰の目にも明らかだった。

「最期のお別れを告げられないほど、酷い見た目だったと聞きました」

さらに酷いのは、彼が墓に入れられなかったことだ。

「墓地の空き地に穴を掘って、ゴミのように捨てられました」

なぜ、当時少年だった司祭がよく知っているのか。

震える声で、司祭は言った。

「見せしめだったんです。クリスティアン様や彼を慕う者へ対しての」

だから少年にすら隠されることなく、状況が周知された。

「後日、クリスティアン様は思い人を掘り起こしに行かれました。不在に気付いた家族によって、途中で止められましたが」

そして、その夜。

「クリスティアン様は、首を、吊られ……っ」

司祭の目から大粒の涙がこぼれ落ちる。

クリスティアンの第一発見者は、朝、彼を起こすのが仕事の少年だった。

――なんてこと。

胸を占める思いは声にならない。

クラウディアは膝の上で拳を握る。

どこかに力を入れていないと、耐えられなかった。

ミラージュに伝えられた怪談には、真実もあったのだ。

少年は、目の前で揺れる人を見ていた。

「なぜ、なぜ！　お優しかったクリスティアン様が……！」

両手で顔を覆い、司祭は慟哭《どうこく》する。

どうして、あのような惨いことができるのか。

彼に何の罪があったのか。

「心根もお美しく、下々の者にまで愛されていたあの方が！　首を吊らねばならなかったのか！」

夜のうちに最期を遂げたのだろう、自重で彼の首は不自然に伸び、ドス黒く変色していた。

宝石のようだった瞳は濁り、目は眼窩《がんか》から飛び出していたという。

きらきら輝いていた金髪は色褪せ、枯れた蔦《つた》のようだったと。

「なぜ、あの方が、美しかったあの方が、醜く顔を歪め、糞尿《ふんにょう》を垂れ流しながら亡くならねばならなかったのか！」

司祭の悲痛な訴えに、クラウディアは答えられない。

——ああ。

自由には、なれなかった。

クラウディアが願った幸せな未来は、青年に、クリスティアンには訪れなかった。

楽しそうに恋人との馴れ初めを語る、美しい青年の姿が脳裏に蘇る。

劇場で出会った、名も知らない青年がクリスティアンと重なった。

春を届けるような笑顔を浮かべる人だった。

緩められた目尻が愛くるしい人だった。

だからクラウディアは願った。

人の良さそうな青年と身分違いの恋人に、よき道が示されることを。

この人となら生きていけると、心を救われた青年が報われるように。

けれど叶わなかったことを、今、知った。

とっくの昔に、彼は悲劇に見舞われていたのだ。

本来なら出会うはずもない人。

あり得ない話だけれど、司祭の語るクリスティアンが、劇場で会った青年その人に思えてならない。

ローブをたぐり寄せ、司祭が目元を拭う。

「クリスティアン様の死をきっかけに、私は修道者になりました。どこかに救いを求めなければ、私自身がダメになってしまいそうだったのです」

後日、クリスティアンの両親に不幸が訪れたのを知った。

一部の親戚も相次いで亡くなり、分家の事情を知る者は、クリスティアンに呪い殺されたのだと噂した。

「不幸が続いたのは、今でも単なる偶然だと私は思っています。どれだけ酷い目に遭っても、クリスティアン様は人を呪うような方ではありませんでしたから」

ただクリスティアンの無念を思うと、心苦しかった。

「城が壊されることが決まり、このまま忘れ去られてしまうのかと、なかったことにされるのかと思うと、いてもたってもいられなくなり……」

怪談で評判だったミラージュの元を訪れた。

「どんな形であれ、少しでも残しておきたかったんです。まさか本当に姿を現されることになるとは、思いも寄りませんでした」

「わたくしが目撃した人影は、司祭の細工ではなかったのですか？」

ミラージュから客の身元を聞き、施工主を探していないことが判明してから、ずっとそう考えていた。

司祭が幽霊話に信憑性を与えるため、人影を用意したのだと。

「いいえ、きまぐれな神に誓って、私は何もしておりません」

クラウディアとヘレン、そしてその護衛騎士からもたらされた髪の長い霊の目撃情報には、司祭も困惑しているという。

安らかに眠ってほしいのも本意だと。

「では、あれは……?」

「クリスティアン様が何か訴えたいのかと思っております」

だが司祭には皆目見当が付かなかった。

「お祈りをしてみてもダメでした。望みがわかれば良いのですが」

目撃した人影は、本当にクリスティアンの霊だったのか。

でも、それなら、クラウディアにはわかる気がした。

彼の望みが。

「クリスティアン様のお相手は、わたくしのような黒髪でしたか?」

「どうしてそれを? おっしゃる通り、艶のある黒髪をお持ちの方でした」

ならば、間違いない。

クラウディアは劇場であった美しい青年の話を司祭に語る。

話が進むにつれ、司祭の目はどんどん見開いていった。

「なんと……なんと……」

「ごめんなさい、詳しい顔立ちは覚えてなくて」

「いいえ、お話を聞く限り、クリスティアン様でお間違いないでしょう」

振り返ったときには姿を消していた青年。

彼から最後に告げられた言葉を、司祭へ届ける。

「『過去に囚われないでください』」

最初は自分へ向けられた言葉だと思っていた。

けれど話を聞いて、クリスティアンが届けたかった相手は、司祭だと考えるようになった。

もう忘れていいのだと、伝えたかったのではないか。

無念を残す必要はないのだと。

「そうですか……ああ、私はなんて身勝手なことを……っ」

言葉を咀嚼《そしゃく》した司祭は、施工主を探すことを約束した。

「ずっと足を向けられていなかったクリスティアン様のお墓にも、ちゃんと取り壊しのご報告をしたいと思います」

クリスティアンの墓は、先祖代々ある分家の墓地にあった。

修道院からほど近い林にあるのだが、どうしても悲惨な現場が頭を過って、司祭はクリスティアンの墓にだけは近付けなかったという。

修道院の利用を一部に留めているのも、司祭がトラウマから、かつてのクリスティアンの私室に近付けないからだった。

(無理もないわね)

大人でも現場を見れば心の傷になる。

司祭はそれを胸に抱えたまま、何十年と生きてきたのだ。

「今回のお話は、この場限りのものにいたしましょう」

「お気遣い、ありがとうございます。クラウディア様には、感謝してもしきれません」

「司祭様の心が少しでも軽くなれば幸いですわ」

床に頭を付けそうな勢いの司祭を宥める。

見送りの際も、今一度、司祭は深く頭を下げた。

クラウディアは馬車へ乗り込む前に修道院を振り返り、改めて願う。

(どうか、安らかに)

かつてクリスティアンが暮らした、居城を見上げて。

今度こそ祈りが届きますように、と。

悪役令嬢は刺繍の会に参加する

幽霊騒動は思わぬ展開で決着を迎えた。

なぜ、クリスティアンが司祭ではなく、劇場でクラウディアに声をかけたのかは謎のままだ。

(司祭より、わたくしのほうが波長が合ったのかしら)

これぱかりは考えても仕方がない気もしている。

全てに白黒付けるのは無理な話だし、危険な考え方でもある。

濃いグレーだからといって黒と決めつけ、白い部分を見逃してしまえば、最悪、取り返しがつかないことになる。

世の中、簡単に割り切れることだけではないのだ。

特に幽霊やきまぐれな神様の奇跡などは、人の力の埒外《らちがい》だった。

自分の価値観で理解しようとするほうがおこがましく感じられる。

(人間同士でも、相手のことを理解するのは難しいのに)

でも人間関係だけは諦められない。

幽霊や神様のこととは違って、他でもない自分や周囲の人間が困ることになるからだ。

全てを理解できなくても、可能な限り相手を知ること。

生きていく上で何が重要なのかは、娼婦時代に学び直した。

住む世界が変わっても、人間の根本は同じ。

下品か上品かの違いだけだった。

(同じだからこそ、理解できる、という希望が生まれるのだけれど)

馬車から降りる寸前、神妙な声に送り出される。

「クラウディア様、ご武運をお祈りしております」

「まるで戦場へ向かうようね」

「大きな差はないと理解しております。何かありましたら、すぐにお声がけください」

刺繍の会の主催者がパトリック夫人だからか、気が抜けないとヘレンの表情が語っていた。

お茶会と同じく、同行した侍女は待合室で待機することとなる。

「お側にいられないのが心苦しい限りです」

「同じ建物内にいるだけでも励まされるわ」

誰にも見られないところで笑顔を交わし、地面を踏みしめる。

サンセット侯爵家の玄関前。

顔を上げた先にはパトリック夫人が立っていた。

今日もどこかキツネを連想させる表情で、クラウディアを招き入れる。

お茶会同様、刺繍の会も夫のいる奥方だけが招待されるが、例に漏れずお妃教育の一環としてクラウディアも招待されていた。

挨拶を交わし、使用人の案内で会場となる部屋へ向かう。

(そういえば、どうして幽霊って昼間には出ないのかしら)

着いた会場が柔らかい日差しに満ちているのを見て、そんな考えが頭を過った。

一段落ついたのだから忘れようと思っても、幽霊騒動の一件は、意識の隅に残り続けている。

怪談の舞台は決まって夜だ。

照明が灯った明るい劇場でクリスティアンと会ったのはイレギュラーに感じられるが、このときも昼間ではない。

謎に包まれた存在だが、出没時間だけは一貫していた。

4
April 2024
ーニューアイテムラインナップー
New Item Lineup
TOブックス
じゃがバター
ILL.▼塩部縁
▶ドラマCD
Ver.3.0
CAST
ホムラ:置鮎龍太郎
お茶漬:寺島拓篤
ペテロ:石川界人
シン:武内駿輔
菊姫:佐倉綾音
レオ:藤原夏海
白:岡村明美
カル:小野大輔
一心:高木 渉
段蔵:関 智一
比佐世:渡辺明乃
司会者:越後屋コースケ
助六:鳩岡大輔
女の子:坂東明香里
運営A:高橋伸也
運営B:遠藤広之
運営C:財満健太
新しいゲーム始めました。
▶ WE'VE STARTED A NEW GAME.
《~使命もないのに最強です?~》
新しいゲーム始めました。
ティーバッグセット
We've Started a New Game.
紅茶派の主張
イングリッシュブレックファスト
雑貨屋のある日のお茶
マスカットワインティー
4/20発売!
商品のご購入はTOブックスオンラインストアへ!

穏やか貴族の休暇のすすめ。
A MILD NOBLE'S VACATION SUGGESTION
穏やか貴族の休暇のすすめ。
迷宮品テディベア
レプリカ（リゼルver.）
ドラマCD5
岬
さんど
穏やか貴族の休暇のすすめ。
ドラマCD 5
【キャスト】
リゼル：斉藤壮馬
ジル：梅原裕一郎
イレヴン：柿原徹也
スタッド：福山 潤
ジャッジ：山下大輝
レイ：鳥海浩輔
シャドウ：安元洋貴
ヒスイ：小林千晃
ナハス：増田俊樹
宿主：KENN
ヴァーミリオン=ピケ：井上麻里奈
オリバー：遠藤広之
アメリア：稲垣 好
ケビン：河西健吾
4/15 発売！
A MILD NOBLE'S VACATION SUGGESTION
COFFEE SET
穏やか貴族の休暇のすすめ。
ドリップコーヒーセット
穏やか貴族の休暇のすすめ。
陛下即位記念マグカップ
穏やか貴族の休暇のすすめ。
POP UP SHOP @SHIBUYA TSUTAYA
2024.4.25［thu］ START!
詳細はこちら！
SHIBUYA TSUTAYA
POP UP SHOP
2024.4.25［thu］ START!
TSUTAYA POP UP SHOP
先行販売グッズ続々！
詳細はこちら！
4/20 発売！
●水属性の魔法使い
ポストカードセット
Audio Book 配信中!!
断罪された悪役令嬢は、逆行して完璧な悪女を目指す
TOブックス Audio Book
朗読 志田有彩 内匠靖明 引坂理絵 呉よしたか
第1巻
NEW! 4/15 配信！
転生したら皇帝でした
TOブックス Audio Book
朗読 平川嵐 成塚衣和美 熊谷貴弘
第3巻
NEW! 4/25 配信！
攻略対象
TOブックス Audio Book
朗読 志田有彩 水島大宙
第5巻
NEW! 4/25 配信！
TOブックス Audio Book
朗読 山口勝平 羽飼まり
第10巻
好評配信中！
※諸般の都合により、配信日時が変更になる場合がございます。

（今は刺繍の会に集中しましょう）

他のことを考えている余裕はないはずだ、と指定された席に着く。

会場の広さを見て、仲の良い身内だけの集まりでないことは一目でわかった。

壁に沿って並べられた椅子は優に三十脚はある。

席の前には人数分の小さなテーブルが並び、ティーカップと刺繍用の材料が用意されていた。

壁と椅子の間には二メートルほどの空間が設けられ、侯爵家の使用人が客の要望に応えるため待機している。

機能的な面もさることながら、席に座った客たちの視界を彩るよう、部屋の中央付近に置かれた大きな花瓶が景観をつくっていた。

白地の花瓶には、細やかな金の装飾と一番大きな面には鮮やかなバラが描かれている。

透明感のあるクリスタルピンクや水色など、淡い色を使った絵は可愛らしくもあり、繊細な筆のタッチからは気品が漂う。

花瓶だけでも十分目を楽しませてくれるというのに、時間をかけて開花する分、ふっくらと深みのある花弁が特徴的な秋バラが花瓶の上空を占めていた。

おかげで室内には、ほんのりとバラの香りが漂っている。

香りが苦手な人も、この程度なら気にならないだろうという素晴らしい配分だった。

（さすが侯爵家と言わざるを得ないわね）

豪華なのは花瓶だけじゃない。

何十脚と用意された椅子をとっても、統一感のある意匠が凝らされている。

全てが華美にならないよう、テーブルと足下を飾る絨毯は落ち着いた色が採用されていた。

花瓶は退屈な時間を補うため、刺繍中、長時間視界に入るテーブルと絨毯は、作業の邪魔をしないように。

緻密に計算された空間。

お茶会のときも完成されてはいたが、今回はそれ以上にミスは許されない空気を感じる。

（招待客の人数が多いということは、そういうことよね）

出入り口から一番遠い、部屋奥の中央がパトリック夫人の席だが、続々と到着する来客を迎えるため、まだ席は空いたままだ。

すぐ近くはお茶会にも出席した夫人の友人たちが占め、次いでクラウディアの席があった。そして取り巻きとも呼べる、夫人に打算的な人たちが続く。

（わたくしはどちらに組みするか問われているのかしら）

苦楽を共にする友人になるのか、都合の良いときだけ擦り寄ってくる知人になるのか。

クラウディアの席が、その境目になっていた。

パトリック夫人の立場からして、主導権を握ろうとしているのは明白だ。

加えて、クラウディアの選択を招待客たちに見せようとしているのも。

数多く並べられた席は、取り巻きだけで終わらない。

席に着いている顔ぶれから、招待客の半分は中立――日和見勢だと認識する。

取り巻きが夫人に対し好意的なのを表明している一方、明確な意思を示していない人たちである。

ミスが許されない空間は、クラウディアへの威圧もあるが、主に日和見勢に向けられたものだった。

（今日を機に、取り込むつもりね）

完璧につくられた会場は、サンセット侯爵家の財力と権力の現れである。

貴族間で催されるイベントは基本的に他家へ権威を示すものだ。

当主は議会で、夫人はお茶会などを通し、家の力を他者へ見せ付ける。

そうした中で友人をつくり、打算的でも良いから自分の味方を増やしていく。

議会で票を集める当主とは違い、一見すると夫人の交友関係は明確な数字として現れない。

だが地道に築かれた縁は、時に票を動かすことにも繫がる。

だから当主は、夫人に予算を託し、屋敷での活動を任せた。

刺繡という内向的に見える作業も、「会」と名の付くものになれば、一気に外向的なものへ替わった。

招待客が揃い、パトリック夫人が席に着く。

「本日はお集まりいただき、ありがとうございます。皆様、既にお気付きの通り、お妃教育としてリンジー公爵令嬢をご招待しております」

夫人の視線を受け、クラウディアも口を開く。

「未熟者ながら、参加させていただきます。皆様にはご指導ご鞭撻のほど、よろしくお願いいたします」

「勝手が違うところもあるでしょうが、お互い肩肘張らず、気兼ねなくいつも通りに会を楽しんでいただければ幸いです」

定型句的な挨拶が終わり、集中していた視線が分散していく。

それでも招待客の意識がパトリック夫人とクラウディアに向いているのは確かだった。

「クラウディア嬢は刺繍がお得意だと聞いています。今日作られる作品を楽しみにしているんですよ。さぞ複雑で美しいものを作り上げられることでしょう」

早速、夫人がハードルを上げてくる。

「まぁ、パトリック夫人の耳にも届いているなんて、お恥ずかしい限りですわ。ご期待に添えるよう、頑張らせていただきます」

下手ではない自負はある。

初めて贈った刺繍は、興味がないと思っていた父親でさえ自慢していたくらいだ。

クラウディアの力量を夫人も正確に把握しているだろう。

その上で、夫人は人脈づくりにクラウディアを手段として使う気でいる。

花を持たせられることだけはない。

夫人は自分がクラウディアより上であることを、招待客に見せ付けたいのだから。

(でも手段になるつもりは、わたくしも毛頭ないの)

何を仕掛けられるにしても、必ず乗り越える。

クラウディアも自分の力を証明するために、ここにいた。

「あら、評判のわりに、初歩的なやり方をなさるんですね」

「まるで慣れていないように思われますわよ」

図案を布に写そうとしたところで、横から声がかけられる。

揶揄されているのは声音で伝わった。

クラウディアが刺繍の初手に図案の写しを選んだように、彼女たちは威圧の初手として口撃を選んだ。

徹底的に無視するというやり方もあるが、刺繍は一人で黙々と進めるものであるため、それでは大したダメージにならないと踏んだのだろう。

「まだまだ熟練者にはほど遠いですから」

さして気にせず、裏もなく返す。

刺繍の会にはクラウディアと年齢の近い夫人も招待されているが、年上であることに変わりはない。

言葉通り、クラウディアは一番の若輩者だった。

加えて、これだけ人数がいれば、刺繍に慣れていない人も当然いる。

クラウディアが基本に返ることで、図案がなければ刺繍できない人にも角が立たなくなった。

周囲を尊重することを既に行動で示しているので、これといって言葉を重ねる必要がないのだ。

「夫人の期待に応えると言っておきながら、その図案ですのね」

「色味が悪いけれど、どういう意図なのかしら？」

好き勝手交わされる意見は聞き流す。

気の弱い令嬢なら、人の意見で選択を変えただろう。

気の強い令嬢でも、否定的な言葉に感情を揺さぶられる。

クラウディアは後者だが、夫人たちが考えている以上に、修羅場をくぐり抜けていた。

おかげで針が進み続ける。

用意されていた生地はリネンで、刺繍糸は毛糸だった。

毛糸は綿糸に比べて、ふっくらと立体的な仕上がりになるのが特徴だ。

そのためシンプルなモチーフとの相性が良く、図案に植物が用いられやすい。

にも関わらず、複雑さを求めてくるパトリック夫人には悪意が透けていた。

要望に応えるため、クラウディアは細かく糸を行き来させるが、糸の材質を活かすべく図案はできる限りデフォルメしている。

角を丸くするようなイメージだ。

手を動かしながら、思考を巡らせる。

（これだけでは終わらないわよね）

刺繍の会といっても、結局のところ交流が目的だった。

途中で入る休憩は、簡易のお茶会になる。

再度渋いお茶を出されることはないだろうが、何か動きがあるはずで警戒は怠れない。

（単に、お妃教育の一部を任されているだけでは弱いもの）

王妃の生家であるサンセット侯爵家。

パトリック夫人は、遠くない未来、サンセット侯爵夫人になる身だ。

忙しい王妃に代わり、夫人がお妃教育をするのは、招待客たちにとっても既定路線だった。

既に決まっている事柄で、彼らの風向きは変わらない。

サンセット侯爵家とリンジー公爵家、どちらが未来の主導権を握るのか。

知りたいのは、その一点に尽きた。

しかし予想に反し、刺繍は進んでいく。

休憩中にも、ちくちく嫌みは言われたものの、その程度だ。

遂には刺繍が完成する。

図案は、当たり障りのないリンジー公爵家の紋章に赤と白のバラをあしらった。組み合わせの花言葉は「打ち解けた関係」や「温かい心」。

図案こそ無難だが、全体のバランス、用いられた糸使い――ステッチによる表現を見れば、難易度の高い作品であることは誰の目にも明らかだった。

時間内に完成させるのも技量のうちだ。

自分で所要時間を把握できているからこそ、可能なのである。

簡単な図案を選び、時間を余らせることは誰でもできる。

見事、クラウディアは周囲の目がある中で、パトリック夫人があげたハードルをクリアし、期待に応えた。

完成品を手にしたパトリック夫人が声を高くする。

「素敵な出来映えだこと！　クラウディア嬢の技量は評判通りですわね」

「ありがとうございます。お褒めいただき、嬉しいですわ」

二人のやり取りは、刺繍にある花言葉の通りに映った。

気分良く笑いながら、夫人が使用人に刺繍を預ける。

クラウディアの手元へ戻った刺繍は、目の前のテーブルへ置かれた。

「あっ……！」

そこで声が弾ける。

隣に座っていた夫人の取り巻きが、紅茶の入ったカップを傾けたのだ。

溢れた朱色の液体が、クラウディアの刺繍を同じ色に染める。

赤と白のバラが描かれた刺繍を。

最後の最後で、台無しにされた。

「あらあら、ごめんなさい」

感情のこもっていない取り巻きの声が通り過ぎていく。

（これがしたかったわけね）

お妃教育なのもあり、クラウディアが終始警戒していることは夫人にも予想できた。

そこで刺繍の会の終盤、今回はこれ以上の心労はないかもしれないと、気が緩むタイミングを狙われた。

刺繍のハードルを上げたのも、より徒労感を与えるためだ。

クラウディアの反応を、部屋にいる全ての人間が固唾《かたず》を呑んで見守る。

このような状況を作られれば、誰だって感情が荒立つ。

決して良い気持ちにはなれない。

怒るのか、泣くのか。

笑顔を取り繕っても、心情は隠しきれないだろうと、そしてパトリック夫人が場を収めることになると全員が考えていた。

観衆へ向け、儚く、悲しみを湛えてクラウディアは微笑む。

「ものは使っていればいつか汚れるものですわ。アンセル男爵夫人もわざとではなかったのでしょう？」

「え、えぇ、もちろんです」

紅茶をこぼした取り巻き——アンセル男爵夫人は、クラウディアの表情に息を呑みながら頷く。

もしかしたら泣きそうに見えたのかもしれない。

実際は怒りさえ湧かず、ただ納得し、分析していた。

パトリック夫人の意図はどこにあるのか。

（抗議すれば狭量だと、許せばパトリック夫人に逆らえない印象を周囲へ植え付ける腹積もりかしら）

クラウディアが単にやられるだけでないのはお茶会でも示したはずだが、修道院に出た幽霊の件で、精神的に追い込まれていると考えているかもしれない。

入居日に幽霊を見たことは、当然、夫人にも伝わっている。

けれど、その背景にあった悲恋までは知らず、解決を見せたことまでは把握できていない。司祭が語ったことは、あの場限りの話だった。

何にせよ、パトリック夫人とクラウディアの考えは大きく変わらないだろう。

一つ、起点となる楔《くさび》を打ち込むために刺繍の会は開催され、クラウディアはそれを逆手に取ろうと参加したのだから。

アンセル男爵夫人をそろりと見上げる。

悲しみに耐える空気を作ったおかげで、場の主導権はまだクラウディアにあった。

「アンセル男爵夫人も紅茶を台無しにされて、さぞお心を痛めておられると存じます」

指摘に、男爵夫人はハッと表情を替えた。

クラウディアが言っているのは、自分が飲む紅茶がなくなったことを指しているのではないと気付いたのだ。空になったカップはいつでも補充できる。

普通の人は、他者へ危害を加えることに慣れていない。

仲間がいればハードルは下がるとしても、自分が手を汚すとなると少なからず躊躇する。

クラウディアが事前に情報を集めた限り、アンセル男爵夫人は普通の人だった。

男爵家に嫁いで十年。

女主人としての役割に慣れ、社交界の勝手もわかり、行動的になる頃合いだ。

歳も三十代とまだ若い。意欲は十分にある。

使用人からの評判も良く、周囲に対し攻撃的な人柄ではなかった。

加えて。

男爵家が持つ小さな領地での唯一の特産品が、紅茶だった。

(もしかしたら紅茶をかけることが、踏み絵なのかもしれないわね)

アンセル男爵夫人は、まだパトリック夫人の取り巻きに過ぎない。

信頼を得て、侯爵家と商談の機会を持つために汚れ役を引き受けた可能性は大いにある。

刺繍の会で出された紅茶が男爵家のものかまでは、クラウディアとてわからないけれど。

(男爵夫人は「紅茶」が台無しにされるのを見たわ)

しかも自分の手で。

今回の紅茶が男爵家のものでなかったとしても、いつか丹精《たんせい》込めて育てた茶葉が、同じように扱われるかもしれないと、彼女は知った。

パトリック夫人も承知の上で、彼女に男爵家の立場をわからせている。

(パトリック夫人にとっては、使い捨ての駒に過ぎないということ)

これでアンセル男爵夫人が離れても、痛くもかゆくもないのだ。

既に行動は起こされた。

汚れ仕事をしたアンセル男爵夫人は、何が何でも見返りを得ようとするだろう。

そこにつけ込む。

「わたくしの侍女を呼んでいただけますか?」

クラウディアの言葉に、すぐさまパトリック夫人が反応する。

望む流れがきたと判断したのだろう。

「あら、お帰りになるのかしら。折角の刺繍が台無しになって、わたくしも残念だわ」

誰でもない、パトリック夫人が台無しにしたことは全員がわかっていた。

大人しく引き下がったクラウディアに、眉尻を落としながらもパトリック夫人は、内心満足しているだろうこととも。

「わたくしにできることがあれば、何でも相談してちょうだいね」

ヘレンが姿を現したことで、見送る態勢に入る。

けれどパトリック夫人の予想に反して、クラウディアは腰を浮かさなかった。

「ヘレン、すぐにシミ抜きをお願いするわ」

「かしこまりました」

「パトリック夫人、洗濯場をお借りできるでしょうか？」

「え？　ええ、ご案内してあげて」

嫌だとは言えず、たどたどしくパトリック夫人は使用人へ告げる。

戸惑いを隠せない夫人に、クラウディアは明るい笑顔を向けた。

「ありがとうございます、紅茶のシミは水溶性なので、対処が早ければ早いほどシミ抜きしやすいらしいのです」

刺繍に使われたリネン生地も、毛糸も洗濯には不向きだ。

けれどリネン生地は水に強く汚れにくいため、紅茶も大して染み込んでいなかった。

問題は毛糸部分だが、ヘレンには洗濯ではなくシミ抜きをお願いした。彼女なら上手くやってくれると信じている。

(仮にシミが残っても、がっかりするのはわたくしではなく、毛糸を卸した人でしょう)

これで何の問題もありませんわ、と声を弾ませる。

「アンセル男爵夫人もお気になさらないでください。パトリック夫人に見ていただいたあとで良かったですわ」

技量を示し、期待にも応えた。

その事実は変わらないことを明らかにする。

自分は無能ではなく、トラブルが起きても、前を向ける強さがあることを。

続けて、しっかり周りに聞こえるよう独白する。

「とはいえ、サンプルには向かなくなったかしら？　美しい刺繍糸をご用意いただいたので、ちょうど良いと思ったのですけれど」

「サンプルですか？」

反応したのは、刺繍糸をはじめウール製品を特産にしているローレンス伯爵家の夫人だ。

彼女は友人枠の末席に座っていた。

刺繍の会の用品を彼女が手配したなら、アンセル男爵夫人と同じく良い気分ではないだろう。

クラウディアを追い込むためとはいえ、領地の特産品をダメにされたのだから。

アンセル男爵夫人にしろ、ローレンス伯爵夫人にしろ、パトリック夫人の中で優先度が低いのは自明の理だった。

「ええ、皆様もご存じの通り、わたくしはアラカネル連合王国に商館を持っているのですけれど、最近品薄が続いておりまして」

クラウディアが管理している商館であるため、もちろん売っている品はリンジー公爵家の特産品だ。

しかし教会との件で評判になった結果、連合王国全土から注文が殺到し、商品が枯渇していた。

「このままでは商機を逃してしまうと、対策を考えておりましたの。そこで我が領地の特産品だけでなく、ハーランド王国の名品も取り扱うのはどうかと検討しているところなのです」

品薄になったおかげで、リンジー公爵家の特産品はプレミアがついている。

今なら他領の特産品を扱っても差別化が図れた。

「刺繍の会で用意された品を見て、これだと思ったのです。出していただいた紅茶といい、さすがパトリック夫人が取り扱われる品々は格が違いますわ」

もし上手く話がまとまれば、夫人に紹介を頼む予定だったことも告げる。

考えれば考えるほど、残念だと。

「でもシミが綺麗に抜けたら、それも商品の強みになるかしら？」

「ええ、おっしゃる通り、強みになりますわ！　シミ抜き後、わたしにも確認させていただけますかしら？」

すかさずローレンス伯爵夫人は食い付いてくる。言葉を聞く限り、刺繍の会で使用されたのは、彼女の家のもので間違いなかった。

アンセル男爵夫人も話に入れないかと落ち着きをなくす。

二人だけじゃない。

クラウディアの商館の評判が伝わっているのだろう、アラカネル連合王国と近い北部に領地を持つ夫人たちも、会話の糸口を掴もうと目配せをはじめていた。

（王族派は、領地持ちが多いものね）

王妃の生家であるサンセット侯爵家は言わずもながら王族派だ。

パトリック夫人の周囲にいる貴族も領地をもち、それぞれ特産品を有していた。

そして夫人自身も友好を示すために買い付け、お茶会や刺繍の会などといったイベントで使っている。

お茶会のようにパトリック夫人の友人しかいない場なら、誰も話に乗らなかっただろう。

けれど、刺繍の会には友人や取り巻き以外の日和見勢がいた。

これは条件さえ揃えば、クラウディアに限らず第三者も主導権を握れることを意味する。

パトリック夫人は、未来の王太子妃に圧力をかけることで、自身の力を証明しようとした。友人と取り巻きを用意し、準備は万端だった。

ただその圧力にクラウディアは屈さず、なおかつ独自に条件を揃えた。

（あなたの言いなりにはならないわ）

風向きは完全にクラウディアのほうへ向いていた。

かといって、パトリック夫人を蔑ろにしているわけではない。

夫人の審美眼《しんびがん》を褒め、話を通す姿勢を見せている。

（あくまで主催者に対する礼儀としてだけれど）

だとしても文句は言えない。

実際、パトリック夫人は瞳を左右に動かし、どう対処すべきか悩んでいた。

やっとのことで声を上げる。

「わたくしたちは家を守るのが務めです。商売のことに口を出すのはいかがなものかしら」

王族派らしい言い分だった。

商売を是とする貴族派と対立している手前、王族派である招待客たちは一斉に静かになった。

だが、忘れていないだろうか。

リンジー公爵家は、中立派であることを。

クラウディアが黙る理由はない。

「パトリック夫人のおっしゃる通り、皆様、家を守っておいでです。それはご結婚前の令嬢時代も同じでしょう。今も昔も、皆様は人脈を築くことで、家に貢献されてきたのではありませんか？」

「ええ、その通りよ」

「そして友好を示されるために、他家の特産品をお茶会などで使用されている。わたくしも同じです。使用の場が商館なだけですわ」

「わたくしたちは商売をしているわけではありません！」

「商品を卸し、販売をする、という意味では違いますね。けれど特産品を宣伝するという点ではいかがですか？　領地に鉱山をお持ちのご婦人なら、産出された宝石を身に着けてパーティーに出るのは当然のことでしょう？」

友好の証としてイベントで特産品を用いるのも、結局のところは宣伝だ。

出席者が商品を気に入れば、販売に繋がるのだから。

どう言い繕ったところで、利益を出せるのが一番だった。

「もし、わたくしの商館に特産品を卸す機会を失ったと、当主の方々が知ればどう思われるでしょう？　もちろん歯牙《しが》にかけない方もおられるでしょうが、何のために刺繍の会に参加したのだと、責められる方がいないと言い切れますでしょうか」

商館以前に、クラウディアは未来の王太子妃である。

王妃を背後につけたパトリック夫人主催の会なのを鑑みて、皆、直接繋がりを持とうとするのを遠慮しているに過ぎない。

クラウディアの発言で、ざわつきが生まれる。

当主の意向は、夫人たちにとって免罪符でもあった。

「逆に、わたくしに自領の特産品を推薦したことで、怒られる方はおられるでしょうか？」

むしろ、それこそが交流の場で当主が夫人に望む務めの一つだというのに。

貴族派の商売に眉をひそめても、広大な領地を持ち、自領だけで財政が完結する王族派は一握りだ。

当てはまらない貴族は、他家に特産品を売り、活路を見出すしかない。

（そういった方々が、結果的に取り巻きという形に収まるのよね）

アンセル男爵夫人、ローレンス伯爵夫人を見て微笑む。あなたたちの推薦を、自分は無下にしないと。

目が合った夫人たちは、一瞬にして喜色を浮かべた。

ここで終わりではない。

自分はお妃教育の一環として、刺繍の会に参加しているのだと姿勢を正す。

「わたくしは品薄になったから代替えになる商品を集めるのではなく、ハーランド王国にどれだけ優秀なものがあるのかを他国に宣伝するために、商品を集めたいと思っております」

今後、リンジー公爵家の在庫が戻っても、商品の割合を変えないと明示する。

「どうしてか？　皆様もすぐにご理解いただけるでしょう。自領の特産品が名品であればあるほど、それが自領の力を示すことになるのは、身をもってご存じでしょうから」

クラウディアの商館は他国、アラカネル連合王国にある。

自ずと、客は連合王国の国民だ。

ハーランド王国に数多くの名品があると知れば、どう考えるだろうか。

「わたくしは、皆様がされていることの規模を大きくしたに過ぎません。範囲を自領からハーランド王国に広げ、我が国の力を示そうと計画しております。このお話はサンセット侯爵家にも打診する予定です」

「なんですって？」

つまりサンセット侯爵家の特産品も、商品候補の一つだということだ。

これにはパトリック夫人も愕然とする。

正に今、どちらが主導権を握るかやり合っているところではなかったのか。

敵対とまでは言わないまでも、打ち負かしたい相手ではないのかと、ベージュの瞳がクラウディアの表情を探る。

夫人の視線に、クラウディアはしっかり頷いた。

「王妃様の愛飲されているワインが筆頭候補ですわ」

言わずもがな、サンセット侯爵家のものだ。

ワイン、の一言にざわめきがより大きくなる。

全員がリンジー公爵家の特産品がワインであると知っていた。

実のところ、サンセット侯爵家とリンジー公爵家の特産品は競合しているものが多い。

だからこそ王妃の生家という立場で得られる現在の優遇処置を、リンジー公爵家に譲りたくないのだ。

「もちろん、わたくしがどこのワインがおすすめかを訊ねられたら、実家のワインを一番にあげます。けれど、おすすめを一つに限る必要はありませんでしょう？　味の違いで好みは分かれるものですし」

取り扱う品数を増やすことで、ワイン一つとっても良品が多いことを示す。

それは国が優れた農業技術を持っていることの証だった。

特に小さな島国が集まってできたアラカネル連合王国は、農業があまり進んでいない。技術がハーランド王国にあると現物で見ることになれば、与える影響も大きいだろう。

「わたくしはまだまだ若輩者です。知らないことも多いと自覚しております。でもだからこそ、視野を広げていきたいと思っているのです」

自領にこだわらず、ハーランド王国全体の発展に目を向けたい。

一方を排除するのではなく、共に切磋琢磨していきたい未来を伝える。

シルヴェスターは力で押さえ込むことで、反抗する意思を挫《くじ》いた。

クラウディアが選んだのは共存だ。手を取り合うことで道が開かれるのではないかと示唆した。

とはいえ、一つの商館でできることなど、たかが知れている。

ましてやクラウディアが個人で持つものともなれば。

だからといって、行動しない理由にはならないのだ。

また規模が小さいからこそ損を恐れず、試すことだってできる。

「口では何とでも言えますわ。耳障りの良い言葉を並べて、こちらに不利な条件を突きつけるのではなくて？」

「お疑いになりたい気持ちはわかります。その問いには、行動で答えますわ」

契約すれば自ずとわかることだ。

その場しのぎの言葉だったなら、クラウディアが信用を失うだけである。

「まずはローレンス伯爵夫人の刺繍糸からでしょうか」

「は、はいっ、ぜひ……！」


刺繍の会に用いられている時点で、品質に間違いはない。

あとはどのように展開していくか、ローレンス伯爵家との契約が試金石となる。

(即行動に移せるのは、自分で商館を持っている強みね)

はじめこそ大き過ぎる誕生日プレゼントに戸惑ったものの、今では商館を贈ってくれたことを感謝している。

そして商売に忌避《きひ》感を持つ考え方に触れるたび、父親の柔軟さが際立った。

これで家庭に問題がなければ良かったのだけれど。

(仕事も家庭も完璧、というのは高望みなのかしら)

会場にいる夫人たちを見渡す。

パトリック夫人の言葉で萎縮した姿はどこにもなく、ほとんどの夫人が次は自分の番だと瞳をギラつかせていた。

成り行きを見ていくしかないと悟ったのか、サンセット侯爵家の特産品も候補に挙がっているからか、再度パトリック夫人が横やりを入れてくる気配はない。

(やれるだけのことはやったわ)

王太子の婚約者として、未来の王太子妃として、展望を示した。

引き続き、商館の運営はあるけれど、有能な担当者と二人三脚で頑張っていくだけだ。お妃教育が終わっても、商館はなくならないのだから。

あとは王妃がいかにクラウディアを採点するか。

こればかりは、待つしかなかった。

伯爵夫人は未来の王太子妃と出会う

お茶会に続き、刺繍の会のセッティングも文句の付け所がなかった。

（さすがはサンセット侯爵家だわ）

まだ嫡男のパトリックは爵位を継いでいないが、次期侯爵の座は確定している。

パトリック夫人も屋敷の次期女主人として認められているのは周知の事実だった。

これだけの場をつくれるのだ。

予算にはじまり、使用人やお抱えの職人を好きに使える立場にあった。

（羨ましい限りね）

友人席の末席に腰を下ろしながら、ローレンス伯爵夫人はそんなことを思う。

伯爵家とて裕福ではあるが、侯爵家とは比べるのもバカらしい。

伯爵家の領地は山岳地帯にあり、山をいくつも有している。それでも侯爵家の財力との間には、
れない壁があった。

産品は、山で飼育している羊だ。

種類によって用途が分けられ、毛糸専用の羊もいれば、食用として子羊の段階で出荷するものもいる。

最近、力を入れているのは毛糸専用の羊だった。

羊の種類によって異なる性質の糸ができるのもそうだが、毛糸は紡ぎ方によっても表情を変えるため開発の幅が広かった。

たとえば刺繍の会のために用意した刺繍糸は、均一な太さが求められるため、紡ぎ機を使っている。

これが編み物になると、職人による手紡ぎが好まれたりする。

わざと毛羽を出したモール糸と呼ばれる意匠糸も人気だ。

羊の育成方法を変えることなく、顧客のニーズに対応しやすいのが大きな利点だった。

（寒い地域では毛糸が欠かせないもの）

洗濯など、扱いやすさの点では綿製品に軍配が上がる。

けれど保湿、保温性については負けない確信があった。

（アラカネル連合王国と繋がりを持てれば……）

アラカネル連合王国は、ハーランド王国より北部にあり、夏は避暑地として人気なほど寒冷地帯にある。

小さな島口の集まりであるため、農業は発展しておらず、畜産も大々的にはおこなわれていない。

ローレンス伯爵家は、毛糸を売り込む商機を感じていた。

領地だけで財政を完結させたい気持ちはあっても、山岳地帯ゆえに人口が限られ、内需だけで回すのはどうしても難しかった。

現在も他領へ輸出できているからこそ品位を保てている。

他国へも輸出できるに越したことはない。

だが伯爵家の領地は北部寄りにあるものの、海に面していない内陸部のため、よしみを結ぶ機会がなかった。

（パトリック夫人が、上手くクラウディア嬢を御《ぎょ》せれば）

彼女が持つ伝手を自分も利用できるかもしれない。

前回のお茶会のあと、パトリック夫人はクラウディアを「希代の悪女」だと評していた。

（どうしても悪く表現したいのね）

胸の内では良い印象を抱いていても、口では決して認めない。

いや、現在のパトリック夫人の立場では、認めるわけにはいかないのだろう。

立場をわからせることで、クラウディアの優位に立とうしているのだから。

ローレンス伯爵夫人は、パトリック夫人と同世代の四十代。

同じ時間を生きてきて、やり方に疑問はない。

（この歳になっても学生時代と変わらないのは辟易するけど）

人が集まれば派閥が生まれ、陰口が一体感を生む。

白髪が交じるようになっても、やることは同じで成長がなかった。

自分がパトリック夫人の立場でも一緒だとわかるがゆえに、溜息をつきたくなる。

現状クラウディアは、頼れる後ろ盾がない状況だ。

婚約者が王太子であっても、父親が公爵であっても、彼らが女の園に入れない以上、現場での助けにはならない。

女性の序列一位は言わずもがな、王妃である。

前リンジー公爵夫人が生きていれば、二位を冠しただろうけれど、現在は同列二位が複数人いるといえる。

王族派では、パトリック夫人、トーマス伯爵夫人、サヴィル侯爵夫人の名前が挙がりやすい。

トーマス伯爵家は真っ向からリンジー公爵家と敵対しているのを鑑みれば、クラウディアが頼れるのは自然と王妃の代理人であるパトリック夫人になる。

サヴィル侯爵夫人も令嬢同士が友人であるため有力候補ではあるが、パトリック夫人を無視して手を組めば、王妃を蔑ろにしていると受け止められかねない。

選択肢があるようでない状況だからこそ、パトリック夫人は強気でいられた。

(お茶会で決まると思っていたけれど)

クラウディアは聡い。

だからこそ腹の中では反感を抱いていても、表向きはパトリック夫人の意に沿い、王妃に追従する姿勢を見せると予想していた。

未来の嫁として、姑とは波風立てないのが一番だ。

しかし前回のお茶会では、真っ向からパトリック夫人と対立したわけではないものの、擦り寄りろう。

もしなかった。

リンジー公爵令嬢として、しっかりと自分を持って応えていた。

若くして自立している姿は立派だが、年長者――パトリック夫人から見れば可愛げなく映っただろう。

(頼もしく感じたのは、わたしだけかしら)

悲しげな表情を見せはしたが、怯むことは一切なかった。

会話のテンポを悪くしていたのは、むしろパトリック夫人のほうだ。

思い通りにことを運べず、悪態をつきたくなる気持ちもわかる。

(悪女、ね。男性の視線を一身に集めるところを見れば、そう表現したくもなるけれど)

夜会で見たクラウディアを頭に浮かべる。

ドレスのデコルテから覗く谷間に、鼻の下を伸ばさない男性はいない。

ローレンス伯爵夫人も何度、夫の脇腹を肘で小突いたものか。

まだ熟していないのに、これである。

歳を重ね、成熟していけばどうなるのか。

終わりではなく、先があることに戦《おのの》く美しさだった。

人々の視線が動くのを感じ、伯爵夫人も会場の入り口を見る。

今し方、思い描いていたのとは違う姿のクラウディアがいた。

海の泡という意味を持つシーフォームグリーンに身を包み、今日は前髪だけを編み込んでいる。

刺繍を用いた青い波の髪留めに、すっきりと額を見せる様が清楚さを際立たせた。

クラウディアが現れるだけで場が華やぐ。

男性どころか女性でさえも、目を向けずにはいられない。

隣に座ろうものなら、意識するなというほうが無理だ。

「ローレンス伯爵夫人、本日はよろしくお願いいたします」

「こちらこそよろしくお願いいたしますわ」

クラウディアの席は、パトリック夫人の友人枠と取り巻き枠の境に用意されていた。

瑞々しい肌を持つ令嬢が、どこまで席順を理解しているかはわからない。

少なくとも、友人枠の末席にいる自分の名前は知っていた。

パトリック夫人の席の両隣を占めるのは、幼い頃から交友のある気心の知れた友人たち。

一方、末席の自分は、取り巻きから一つ頭を出した程度の関係性だ。

先日のお茶会に呼ばれはするが、いつ取って代わられてもおかしくない。

(今日は、誰かが興味を持ってくれたらよしとしましょう)

刺繍の会に刺繍糸を卸した時点で、ローレンス伯爵夫人の役目は終わっている。

侯爵家で取り扱われるというのは、一級品と認められたのと同義である。

旗色を明示していない家が多く招待されていることから、刺繍糸の宣伝の場としては上々だった。

あとはパトリック夫人に同意を示しつつ、会の進行を見守るだけだ。

お茶会と同じく、クラウディアに対して何かしら圧力がかけられるだろうが。

（嘘偽りなく、刺繍がお上手なのね）

時折小言を飛ばしながらも、クラウディアの腕前に舌を巻く。

特に毛糸の特徴を活かしたステッチには拍手を送りたかった。

お堅い印象の家紋が、赤と白のバラと相まって可愛らしく仕上がっていた。

（クラウディア嬢、手ずからの刺繍であることも加味すれば、どれだけの価値になるのかしら）

そんなことを考えているときだった。

朱色の液体が宙を飛んだのは。

カップの中身を全てぶちまけられたわけではない。

紅茶をこぼした取り巻き――アンセル男爵夫人にも罪悪感があったのか、カップの四分の一ほどの量だった。

それでも刺繍を台無しにするには十分だ。

（ああ、素敵だったのに）

じわじわと紅茶が刺繍糸に染みていく。

目が離せなかった。

同時に、胸の奥が澱《よど》むのを感じる。

（結局のところ、わたしも同罪よ）

自慢の特産品を汚されたからといって傷付く資格はない。

アンセル男爵夫人にしたって、汚れ役を引き受けたのは見返りあっての行動だろう。

紅茶の染みた刺繍糸が、自分の末路を示していても。

（もう捨てるしかないわね）

毛糸は洗濯に向かない。

上手くシミ抜きすれば綺麗になる可能性はあるが、一度汚れたものを公爵令嬢が手にするはずがなかった。

（尊重されないとわかっていて、パトリック夫人についたのだから自業自得だわ）

少しでも商機を得るために、顔の広い彼女に擦り寄った。

パトリック夫人も、理解した上で受け入れたのだ。

社交界ではこれが普通。

だというのに。

じくじくと胸が痛む。

反射的にパッと顔を上げたのは、クラウディアの言葉に驚いたからだ。

「アンセル男爵夫人も紅茶を台無しにされて、さぞお心を痛めておられると存じます」

そこでローレンス伯爵夫人も、アンセル男爵家の特産品が紅茶だったことを思いだした。

（取り巻きの情報まで頭に入っているの？）

同席するであろう貴族の情報を予め覚えておくのは、一種の礼儀のようなものだ。

けれど取り巻きに至っては、誰が招待を受けるのか判別しづらい上、パトリック夫人の中でも優先順位が低いので念頭には置かれない。

自分ですら一度は覚えたものの、今の今まで忘れていた。
アンセル男爵夫人を労う姿に、自分も慰められる。
(でもやっぱり、この場に残るのは辛いわよね)
クラウディアが侍女を呼ぶのを見て、パトリック夫人同様、帰宅を察する。
完璧に仕上げた作品を台無しにされて何も思わない人間はいない。
気丈に振る舞ってはいるものの、心はズタズタだろう。
自分は、そんな彼女に慰められたというのに。
拳を握りしめる以外、何もできないのが不甲斐なかった。
今からでも味方になってあげればいいと、良心が訴える。
それを打算的な自分が、共倒れになるだけだと、打ち消した。
やっと手に入れた友人枠の末席を手放せるのか。
パトリック夫人に目を付けられて、どうやって社交界で生きていくのか。
弱い自分に視線が下がる。
目は開いているはずなのに、何も見えない。
自責の念が渦巻く中、クラウディアの声で、また顔が上を向く。
「ヘレン、すぐにシミ抜きをお願いするわ」
会場にいる全員が、失意を胸に帰るのだと思っていた。
予想が覆され、ローレンス伯爵夫人は目を見張る。

（捨てないの？）

ウール製品を取り扱う自分ならまだしも、公爵令嬢がシミ抜きについて知識があるのも驚きだった。

「でもシミが綺麗に抜けたら、それも商品の強みになるかしら？」

「ええ、おっしゃる通り、強みになりますわ！　シミ抜き後、わたしにも確認させていただけますかしら？」

咄嗟に答える。

つい声が大きくなってしまった。

商機を逃したくなかったのもあるけれど、何よりクラウディアを後押ししたかった。

（少しでも場の雰囲気を変えるきっかけになれれば！）

旗色を隠している日和見勢も、打算的な考えは一緒だ。

自分が食い付けば、後追いが必ず生まれる。

案の定、ずっと静観していた招待客たちも落ち着きをなくしていった。

（このまま流れをクラウディア嬢に）

持って行こうとした矢先、パトリック夫人に冷や水を浴びせられる。

商売について指摘されては、王族派の人間としては口を開けない。

実際は、血眼になって商機を探していても。

建前がなければ生きていけないのが貴族だった。

建前は、自尊心を守る盾であり、指標だ。

善悪を理解している証明でもある。

何かわからずに悪行を働くのは、獣と同じ。

知識があり、守るべき品位があるからこそ、建前に重きを置く。

自分のおこないは正しく、善であると。

貴族にとって、偽善こそが正道だった。

本物の善を求めて行動する者もいるが、大抵が視野の狭い迷惑者で、社交界では冷ややかな視線を向けられるのがお決まりだ。

沈黙が広がる。

場を制したパトリック夫人は得意げだった。

次期サンセット侯爵夫人の地位は伊達ではない。

だからローレンス伯爵夫人も取り入ったのだが、今では悔しさが勝る。

(どうしたらクラウディア嬢の助けになるかしら)

それだけに思考が埋め尽くされていた。

決まり悪げに招待客の視線が沈む中、ローレンス伯爵夫人は顔を上げる。今度は自分の力で。

(何でもいい、言葉をかけるの)

あなたは一人じゃないと伝えたかった。

クラウディアを見る。

瞬間、息を呑んだ。

青い瞳が冴えていた。

凛とし、余裕さえ窺わせる。

クラウディアは、一切動じていなかった。

（ああ……）

胸が震えた。

この気持ちを何と呼べばいいのか。

目の前にいる美しい人を、どう表現すればいいのか。

自分が重ねてきた月日など、塵芥《ちりあくた》のように感じる、この思いを。

「パトリック夫人のおっしゃる通り、皆様、家を守っておいでです。それは結婚なさる令嬢時代も同じでしょう。今も昔も、皆様は人脈を築くことで、家に貢献されてきたのではありませんか？」

次いで聞こえてきた声は、鈴の音のごとく会場に響き渡った。

——誰が。

一体、誰が。

彼女を御せるというのだろう。

自分の半分にも満たない歳のクラウディアに、ローレンス伯爵夫人は心の中で頭を垂れた。

（パトリック夫人も同じ気持ちでしょうに）

ちらりと視界の端で夫人の顔を窺う。

しかし立場から、素直な気持ちを伝えられず、夫人は厳しい表情を保つしかない。

（つくづく面倒なものね）

貴族とは。

長く社交界に在籍していても、溜息をつきたくなった。

同情に似た気持ちを抱きながら、ローレンス伯爵夫人は視線をクラウディアへ戻す。

パトリック夫人の考えがどうであれ、クラウディアが場を掌握したのは間違いなかった。

悪役令嬢は司祭の訪問を受ける

パトリック夫人とは、刺繍の会で一つ起点を作れた。

クラウディアが簡単に言いなりになる人物ではないと、夫人もさすがに理解したことだろう。

「前進したわよね」

「はい、刺繍の会のあとから、お手紙が一段と増えていますよ」

「良いことよね？」

「はい。滅入らず、頑張って処理していきましょう！」

わかっていたことだが、商館に関する書類仕事が増え、机の上には手紙の山が築かれていた。

手伝ってくれるヘレンが唯一の救いである。

（お兄様に頼ってばかりではいられないもの）

ヴァージルなら喜んで応えてくれるだろう。

けれど自分はいつか家を出る身だ。

線引きは必要になってくる。

「商館の担当者が来るのはいつだったかしら？」

「二日後に来訪予定です」

「……頑張りましょう」

「はい！」

担当者も大忙しだった。

商館のことを除けば、あとに控えているのはトーマス伯爵夫人の夜会だ。

こちらも一筋縄ではいかないだろう。

それでも刺繍の会で前進できたおかげで、少し気が楽になっていた。

やはり経験は大事だと、しみじみする。

ヘレンが無心で手紙の封を切る音が部屋に響く。

クラウディアは積まれていく書類を優先度順に分類していった。

日中は文官を付けているのだが、書類が溜まってくると夜も処理せざるを得ない。

「そろそろ夜勤もお願いすべきね」

「仕事量が増えてきましたから、人数を増やしても良いと思います」

今までは取り扱っていたのが自領の特産品だけだったので、問題さえ起こらなければ、忙殺されるようなことはなかった。

これからはそう言っていられないのを、ひしひしと感じる。

担当者との相談事項もまとめておいたほうが良さそうだ。

頃合いを見てヘレンが紅茶を淹れてくれる。

その香りに安らいでいると、突然の来訪が告げられた。

「司祭様が？」

お妃教育でお世話になった修道院のカルロ司祭が、クラウディアに会いに来ているという。

予定になかったことだ。

どうするか伺う侍女に、応接間へ通すよう伝える。

「何かあったのでしょうか」

「でないと、こんな時間には来ないでしょうね」

しかも予約すらなく。

緊急性を察し、手早く身支度を整える。

応接間のソファーに座った司祭は、見るからに憔悴していた。

「お久しぶりです、司祭様」

「急な来訪にご対応いただき、ありがとうございます」

「お話をお伺いしますわ」

挨拶もほどほどに本題へ移る。

クラウディアの対応に、司祭はほっと肩の力を抜いた。

「すみません、ご相談できるのがクラウディア様しかおらず……」

手順を踏もうとしたものの、いても立ってもいられなくなり出向いたのだという。

「以前お話した通り、施工主を見付けて、修道院の取り壊しの目途が立ったんです。そこでようやくクリスティアン様の墓前でご報告させていただきました」

過去に囚われないでください、というクリスティアンの言葉に従い、司祭は行動した。

なのに、と続く言葉が途切れる。

司祭の手が震えているのを見て、クラウディアは紅茶を飲むよう勧めた。

「ゆっくりで大丈夫ですわ」

「いただきます……ふぅ……」

喉を潤し、呼吸を整えるのを見守る。

区切りを付けるよう目を閉じた司祭は、目を開けるなり告げた。

「幽霊がまた出たのです」

「あの、城壁塔へ向かう髪の長い霊がですか？」

「その通りです。きっとクリスティアン様には、まだ何か伝えたいことがあるに違いません！」

自分だけの供養では足りないのだと、眉根を歪ませて語る。

「墓地に赴いたときにも違和感があったんです。まるで何かが墓から蘇ったような……！」

一時、落ち着いたが、話すうちに司祭がヒートアップしていく。

鬼気迫る表情に、クラウディアもすぐには言葉を返せない。

「クリスティアン様は私のおこないに怒っているのでしょう。身勝手にも、死に際を流布したのですから当然です」

「司祭様……」

「私の罪を責めておいでなのです。これは私が償うべき罪です。ですから私は、周りに被害が出てしまう前に生け贄になろうと思います」

それで怒りは治まるはずだ。

すぐに行動したかったが、唯一、経緯を知っているクラウディアには報告しておくべきだと考え、来訪したのだという。

「司祭様、お待ちください」

「もうこれしか方法はありません！」

クラウディアの知っている司祭とは別人のようだった。

優しい顔がなりを潜め、頑なに自分の考えに呑み込まれている。

クラウディアは立ち上がって司祭の隣へ腰を下ろすと、深いシワが刻まれた手を取った。

「司祭様、思いだしてください。クリスティアン様はどんな方でした？」

「クリスティアン様は……」

「奉公人の少年にも優しく接する方ではありませんでしたか？　そんな方が生け贄を求めたりするでしょうか？」

「それは……しかし……」

幽霊に道理を求めるのは間違っているかもしれない。

けれど司祭は明らかに錯乱していた。

思考の整理を助ける必要がある。

「第一、生け贄を求める霊は、別の霊ではありませんか」

夜な夜な生け贄を求める白いドレスを着た女の霊は、修道院のある地域に昔から伝わっていた話だ。

髪の長い霊――クリスティアンとは何の関係もない。関係があるとしたら、同じ地域にいたというこぐらいだろう。

「わたくしが劇場でお会いしたクリスティアン様は、爽やかな笑顔が素敵な好青年でしたわ。司祭様にとっては違うかしら?」

「いいえ、私にとっても、よき青年でした」

「ならば今一度、よく考えてください。司祭様が犠牲になることを、クリスティアン様は喜ばれるかしら?」

恋人を亡くした失意から、この世を去ったクリスティアン。

その恋人は貴族社会の犠牲者だった。

「あぁ、私は、とんだ考え違いを……っ」

「きっと無意識のうちに疲労が溜まっておられたのですわ」

それだけでは説明がつかないような錯乱ぶりだったが、指摘しても詮無きことだ。

今は司祭が変な気を起こさないことが大事だった。

「今夜は屋敷に泊まってください。夕食はお済みですか？」

「お恥ずかしながら、思い立つなり、馬車に乗ったもので……」

「まぁ、いけませんわ。空腹は心を蝕《むしば》みます！　すぐに用意させますわね」

悪い方向へ思考が流れるときは、睡眠や食事を取ることで解消されやすい。

おいしいものを食べて、好きなことに集中するのが一番だ。

「司祭になってまで、私は何を学んできたのか。クラウディア様には頼りないところばかりお見せしてしまい、申し訳ありません」

「何をおっしゃいます、困ったときはお互い様ですわ。司祭様も人間です。疲れたときは、のんびりしてくださいませ」

「ありがとうございます。お言葉に甘えさせていただきます」

侍女に引き継ぎ、念のため様子を見るよう頼んでおく。

幸い、しばらく経ってから確認すると、談話室で継母のリリスと和やかに談笑していた。

すっかりいつものコアラに似た表情に戻っていて安心する。

「憑き物が落ちたようですね」

「そうね……クリスティアン様に関することは、どうしても敏感になってしまわれるのでしょう」

だとしても生け贄になると言い出したときは驚いた。

ぐるぐると思考が空回りする中で、絡まってしまったのか。

「しかしまた幽霊が出たなんて、穏やかではありませんね」

「ええ、いっそ原因を探るより、取り壊してしまったほうが早いかもしれないわ」

乱暴だが、髪の長い霊は城壁塔の近くで目撃されている。

「未練がある場所がなくなれば……あてもなく彷徨うことになるのかしら？」

それはそれで問題か、と思ったところで首を傾げる。

「なぜ城壁塔の近くなのかしら。クリスティアン様が亡くなったのは自室よね」

「そうですね、恋人は馬車にはねられたとお聞きしました」

クラウディアたちが目撃したとき、長い髪の霊は渡り廊下にいた。

どちらの場所にも結びつかないように感じる。

「司祭様は修道院に戻って大丈夫でしょうか？」

「心配ね。修道者の方々に様子を見てもらうようにしましょう」

取り壊しに先立って、移転すれば心の整理もつくだろう。

それまで気にしてもらえるよう、かつての先輩修道者宛に手紙を認《したた》める。

クラウディアができるのはここまでだ。

助けたくても、幽霊が相手となれば、何をしたら良いのかわからない。

せいぜい幽霊に詳しい人間を探すくらいだろうか。

（伝えたいことがあるなら、劇場のときのように話をしてくださったらいいのに）

自室の窓から、真っ暗になった外を窺う。

髪の長い人影は、どこにも見当たらなかった。

幽霊は生け贄を求める

古い石造りの壁が風を通す。
ひんやりとした隙間風に、机に向かっていた司祭は肩を震わせた。
もう夏の名残はどこにも見当たらず、長袖が手放せなくなっている。
慣れたものとはいえ、寒いものは寒い。
手がかじかんで動かなくなる前に寝ようと、ペンを置く。
今夜は特に冷える気がした。
「クリスティアン様は、まだおられるのだろうか」
恨みがあるのだろうとリンジー公爵家の屋敷を訪ねたのは記憶に新しい。
クラウディアのおかげで、生け贄になるという荒唐無稽な考えはもうないけれど。
心残りがあるなら、教えてくださいと祈る。
今では司祭のほうが、うんと年上になってしまった。
それでも優しい主人から受けた気遣いは忘れていない。
過去に囚われないよう言われても、これだけは胸に残しても許されるだろう。

古城が城として機能していたことを知る人間は、最早自分を残すのみ。
そんな自分も、老い先短い身である。
思い出として振り返る分には許してもらいたい。
本格的な冬が来る前には、転居する予定だ。
司祭の歳も考慮して、施工主が請け負ってくれた。
元の持ち主であるサンセット侯爵家にも伝えてある。
歴史に思い入れがあるパトリックは悲嘆していた。
けれど、これが今の世なのだ。
ベッドへ入り、眠りにつく。
窓は、闇を映すばかりだった。

誰の目にも、白い人影は映らない。
石造りの壁と擦れた風がヒュオオと存在を主張する。
外ではイタズラに枯れ葉が舞っていた。
そんな世界と隔絶された暗い、暗い、闇の底。
季節に似つかわしくない生温い空気が漂う場所に、それはいた。
緩慢な動きに合わせて、手から滴った血が放物線を描く。
――これではダメだ。

声にならない、掠れた音をこぼしながら、迷子のように彷徨っていた。
ふらふらと、同じ場所を行ったり来たり。
目だけが明確な意思を持って、答えを求めていた。
あぁ、どうして。
報われないのか。
どうして。
自分の、何がいけないのか。
ただ、後ろ指をさされず、生きたいだけだというのに。
握力を失った手から、ぼとり、と肉塊が落ちた。
「まだ、足りないのか」
答える声はない。
足が何かを踏みつけ、ぐにゃりとした感触が伝わってくる。
血だまりの中にある毛の塊を見た瞬間、肌が粟立った。
「まだ足りないのか、まだ……！」
視線の先に、頭があった。
光をなくした瞳があった。
迫り上がってきた胃液で、喉がイガイガする。
かきむしりたい衝動に駆られた。

いっそ、口に腕を突っ込みたい。
楽になりたかった。
平穏が欲しかった。
ただ安らぎの中で眠りたかった。
壁に立てかけてあったハンマーを手に取る。
「足りないと、言うのなら」
振り下ろし、転がっていた頭を潰す。
何度も、何度も。
ぐちゃぐちゃになるまで。
ただのゴミと化すまで。
「次を用意しよう」
本当はわかっていた。
動物では対価たり得ないと。
生け贄には、力に見合ったものが必要だと。
ぐだぐだと遠回りしていたのは、理性が邪魔をしたからだった。
けれど、もう悠長なことは言っていられない。
早く前へ進まなければならなかった。
——認められるために。

「大丈夫、次は上手くいく」

生け贄の目星は付けてあった。

悪役令嬢は夜会に出席する

再度修道院に現れた幽霊は気になるものの、クラウディアは立ち止まっていられなかった。

トーマス伯爵夫人主催の夜会が迫っていたからだ。

お妃教育を兼ねたパトリック夫人の集まりとは、趣が異なる。

トーマス伯爵家は、リンジー公爵家と正面から対立していた。

正式に婚約者になっても、この先、王太子妃になっても、彼らの態度は変わらないだろう。

最低限の礼儀すら守られないとなれば別だが、相手に責める理由を与えるほど、トーマス伯爵家は甘くない。

厄介なのは、彼らがバランサーを担っていることだった。

表立って対立することで、権力がリンジー公爵家へ一点集中するのを防いでいる。

王家からしてみれば、一貴族が王族以上の力を持つことだけは忌避したい。

王族派としてトーマス伯爵家の行動は、ある意味正しかった。

それはリンジー公爵家の視点でも成り立つ。

中立を維持したいリンジー公爵家としては、必要以上に権力を集めたくなかった。

その気がなくても、大きな力があれば謀反の嫌疑をかけられる。

貴族派がまとまりをなくし、ただでさえ社交界のパワーバランスを保つのが難しい現状を鑑みれば、わかりやすい構図は有り難いくらいだ。

王妃の生家であるサンセット侯爵家ともトーマス伯爵家が軋轢があるのを加えれば、ちょうど良い距離感でもある。

決して王族派対リンジー公爵家にはならないからだ。

かといってトーマス伯爵家からの非難を甘んじて受け入れられもしないのが、社交界だった。

「いよいよ本戦ね」

パトリック夫人からの招待同様、何も起こらないということはない。

シルヴェスターのエスコートで馬車を降りる。

夜にもかかわらず、トーマス伯爵家の屋敷は燦々《さんさん》と光を放っていた。

声を届けるため、すっとシルヴェスターが頭を近付ける。

「離れていても、ディアから目を逸らさないと誓おう」

君を見ないようにするほうが難しいかもしれないが、と次いで優しい笑みが降ってきた。

今夜はお互い婚約式を倣うように、シルヴェスターは前髪を上げ、クラウディアは髪を後ろでまとめている。

ドレスは穏やかな印象のスカイブルーで、アクセントに白があしらわれていた。

肩を出してはいるものの、七分袖なので肌色の割合は少なめだ。

季節柄、触れる風は冷たいが、それも屋敷へ入るまでのこと。

胸元で花を象ったダイヤのブローチが光る。

パートナーであるシルヴェスターも同じ色を用いているが、配色は真逆だった。

スカイブルーのシャツに白いジャケットを難なく着こなす姿は、清廉そのものだ。

(そしてうっかり近付いた瞬間、色香にノックアウトされるのよね)

はちみつを垂らしたような瞳と目が合って、慌てて視線を外す。

甘さに呑み込まれている場合ではない。

招待客を迎えるべく、エントランスにトーマス伯爵夫妻が立っていた。

「王太子殿下並びにリンジー公爵令嬢、ようこそおいでくださいました」

トーマス伯爵は先代と同じように、肩まであるブロンドをカールさせていた。

彼の本命がクラウディアではなく父親であるリンジー公爵なのは周知の事実である。

今もクラウディアを通し、父親を見ているようだった。

父親とは同じ時期に学園に通っている。

既に当主として辣腕《らつわん》を発揮して長い父親に対し、思うところがあるのかもしれない。

笑みを浮かべる夫人とは違い、厳しい表情を保ち続けた。

夫人は淡いエメラルドグリーンの髪を高く結い上げ、盛り髪にしている。

イブニングオレンジのドレスは半円形のネックラインを持ち、ケープのように肩から肘、背中をカバーするデザインは、ふくよかな体形に貫禄を見せ、優雅だった。

挨拶を終わらせた夫人は、ぱらりと扇を広げる。

視線がクラウディアの胸元を通っていった。

「最低限のマナーは心得ておられるようで、安心いたしました」

「間違いがなかったようで何よりですわ」

トーマス伯爵夫人の耳でダイヤのイヤリングが煌めく。

今夜の夜会では、ダイヤのアクセサリーがドレスコードとして指定されていた。

（わたくしの招待状には、価値のある石としか書かれていなかったけど）

わかりやすい嫌がらせだ。

言外に、頼れる夫人がいるか当てこすられてもいる。

だがこれぐらい情報を集めれば、すぐに対応できた。

自分以外の招待客から聞き出せばいいのだから。

最近動きのあったアクセサリーを宝石商に訊ねれば裏も取れる。

夫人も想定済みなのだろう、驚いた様子はない。

挨拶は終わったので夫妻の前から辞し、会場となる広間へ向かう。

「顔色一つ変えないのはふてぶてしいな」

「お互い様ですわ」

クラウディアだって何事もなかったように微笑んで見せた。

相手も今頃同じ感想を抱いているだろう。

廊下を進み、広間へ入るなり目に飛び込んできたのは、大きなシャンデリアだった。

ドレスコードに合わせてダイヤの装飾が施され、輝きに満ちている。

招待客のほとんどは王族派だが、貴族派の姿もあった。

権力、財力共に誇示したいため、規模を大きくしたことが窺える。

そんな中、王太子に泥を塗らない程度に、クラウディアを貶めようとしているのだ。

今夜の目標は、主催者であるトーマス伯爵夫人の嫌がらせに屈しないこと。

これはどちらかというと招待客へ向けたアピールだった。

トーマス伯爵家が夜会を通じて力を見せ付けるように、クラウディアも本人の強さを印象付ける。

簡単に手出しできる相手ではないと。

伯爵夫人から一つでも言質を取れれば上出来だ。

「さて、しばらくは恒例の時間か」

シルヴェスターとクラウディアが会場に姿を現せば、あっという間に挨拶の列ができた。

早い段階で、ルイーゼの両親であるサヴィル侯爵夫妻と顔を合わせる。

「今のところ、何事もないようで安心致しました」

サヴィル侯爵夫人の笑顔に、ルイーゼの面影を見る。

だからといって気は抜けない。

彼らは彼らでクラウディアに貸しを作ることを虎視眈々と狙っていた。貴族とはそういうものだ。

友情を築いているのは娘のルイーゼであって、両親ではない、ということだった。

それでもクラウディアからしてみれば中立の存在だ。

硬派で有名なサヴィル侯爵家は、トーマス伯爵家ともサンセット侯爵家とも反目していない。大体いつも両家の間に入って宥める立場だった。

「サヴィル侯爵夫人のおかげで、気兼ねなく参加できておりますわ」

「そう言っていただけて嬉しいですわ。ドレスもよくお似合いになっていらっしゃいます」

夜会用のドレスをサヴィル侯爵夫人に見繕ってもらっていた。

婚約式で友好を示してもらっている手前、一切頼らない、というのも不義理なのだ。

決定的な借りにならない程度に頼り、恩義に報いるため、ルイーゼも交えて今夜着るドレスについて相談した。

それとなく周囲へにおわせれば、誰もがクラウディアのドレスを褒め称える。

侯爵夫人も悪い気はしない。

挨拶の列が消化されると、一旦男性と女性で分かれて輪ができる。

男同士、女同士だけで会話を楽しむ時間だ。

滞在時間が長い場合、終始パートナーと一緒にいることは少ない。

当然のごとく、クラウディアはトーマス伯爵夫人を中心とした夫人たちの輪に迎えられる。

王族派が集まっているものの、サヴィル侯爵夫人、パトリック夫人たちのグループとは別だ。

（そういえば、まだパトリック夫妻の姿を見ていないわね）

友人たちが招待されていることから、夫妻にも招待状が届いているだろうに。

夜会の規模から不参加であるとは思えない。

やむを得ない事情があったのだろうかと、他のことを考えるのはここまでだ。トーマス伯爵夫人が目の前にいた。

(さぁ、どんな展開が待ち受けているかしら)

集まった誰もが微笑みを湛えている。

お茶会のような冷めた目がない代わりに、好奇で満ち満ちていた。

「楽しんでおられるかしら」

「おかげさまで、おもてなしに感服していたところです」

クラウディアに好意的な令嬢たちが招待されていないのはわざとだろう。

貴族派が招待されているのに、リンジー公爵家には招待状が届かなかったのも。

全くもって素晴らしいおもてなしである。

ゆるりと扇をあおぎながらトーマス伯爵夫人が微笑む。

「ここにいる方々が、クラウディア嬢のお手本となってくださいますでしょう。リンジー公爵夫人をご招待できなくて残念ですわ」

継母のリリスでは、お手本として役不足だと言いたいのだ。

パトリック夫人といい、トーマス伯爵夫人といい、どちらもクラウディアの泣き所はリリスという認識らしい。

（口火を切るのにちょうどいいのかしら）

リリスの生家が一代男爵家であるのは、変えようのない事実。

パトリック夫人も、トーマス伯爵夫人も、生家が伯爵家なのもあって、生まれを持ち出せば簡単に優劣が付けられると考えているに違いない。

実際、出自については誰よりもリリスが悩み、クラウディアの足を引っ張らないよう努力していた。

トーマス伯爵夫人にとっては、リリスがいくら努力したところで無駄ということだ。

（わたくしは、そう思わないわ）

クラウディアは驚きの表情を作る。

「あら、トーマス伯爵夫人はご存じないのですね。お義母様の所作は繊細で、美しいことを。娘として見習いたい限りですわ」

「だとしたらクラウディア嬢は、審美眼を磨かれる必要がありますわね」

そう返してくるだろうと思っていた。

「おっしゃる通りですわ。未熟でお恥ずかしいです」

即座に肯定したクラウディアに、一瞬、トーマス伯爵夫人が動きを止める。

切り返しを予想していたのだろう。

頭の中で考えが錯綜しているのが傍目にも感じられて、クラウディアは笑みを深くする。

「何せお義母様の所作の評価は、王妃殿下に倣っただけですから」

王妃、クラウディア、リリスの三人で顔を合わせたときのことだ。

王妃はリリスの努力を言葉にして認めた。

(こういうときのために、お言葉をくださったのでしょうね)

リリスを侮る人間は依然として多い。

少しでも足場を固められるようと配慮されたのが窺えた。

しかしリリスはこのことを喧伝しなかった。するならクラウディアにとって都合の良いタイミングで、と話を合わせたのである。

身分でものを言うなら、こちらも身分を持ち出すまで。

トーマス伯爵夫人の扇を握る手に、ぐっと力がこもる。

「まぁ、王妃殿下が！　でしたら間違いありませんね。さぞ素晴らしい教師がついたのでしょう」

リリスではなく、リリスに教えた者が凄いのだと、応酬を止めることなく返してくるところはさすがだ。

クラウディアも負けじと、しっかり釘を刺す。

「残念ながら、王妃殿下に認められたのはお母様であって、教師の方ではないのですが。それでもお知りになりたいとおっしゃるなら、ご紹介いたしますわ」

早くも目標は達せられそうだった。

堂々とした二人の掛け合いに、グループ外の人間も興味を引かれ、自然と囲む輪が大きくなる。

「ご厚意に感謝致します。けれどもう、わたくしは教師を必要としておりませんの。クラウディア嬢はまだまだ学ぶことが多そうですわね」

「トーマス伯爵夫人が重ねられた経験は、得たくても得られるものではありませんもの」

若輩者が、と言われて、年増が、と返す。

こうなってくると内容が幼稚だが、トーマス伯爵夫人にはまだ手があるようだった。

目が扇のように弧を描く。

「聞きましてよ、その経験を得るために、商売を持ち出したのですって？」

刺繍の会のことだ。

あの場にはパトリック夫人の勢力以外の招待客もいたので、話が伝わっていてもおかしくない。

「ご夫人たちの頬を札束で叩くようなマネをされたとか。これには王妃殿下もがっかりされたのではなくて？」

「話が歪曲して伝わっているようですわ。わたくしは企画を提案したに過ぎません」

「そうかしら？　結局のところ、財力にものを言わせたのでしょう？」

権力、財力、持っている力を使うのは責められることではない。

しかし、それには大義名分が必要だった。

貴族が大切にする「建前」というものである。

刺繍の会では十分示したが、トーマス伯爵夫人は争点にしない腹積もりだ。

(今一度、説明してもいいけれど)

会場には、それぞれ空気感がある。

刺繍の会で通用したことが、夜会でも通用するとは限らなかった。

そして空気感を作るという点では、主催者であるトーマス伯爵夫人に分があり、彼女もクラウディアを追い込むために余念がない。

この場で求められているのは、簡潔な受け答え。

長々と説明をはじめようものなら、空気が読めないとなじられるだろう。

「皆さん企画を進める意義に同意してくださったのです」

「お金になるからでしょう？　人の足下を見て提案するのは、さぞ気持ち良いのかしら？」

わたくしには商売なんて平民がするようなこと、わかりませんけれど、とトーマス伯爵夫人は嘲笑する。

少人数とはいえ商売を是とする貴族派も招待しておきながら、大胆なものだ。

（流れがあまり良くないわね）

劣勢というわけではないものの、トーマス伯爵夫人の貫禄を崩すには、まだまだ足りない。

間に合わせの答えで乗り切ることはできる。

クラウディアの姿勢は、十分周囲へ示せた。

（この辺りで満足すべきかしら）

事前にある程度のシミュレーションはしてきているけれど、現状どれもトーマス伯爵夫人の牙《が》城《じょう》を崩すには弱そうだ。

新たな案を考えたくても時間は有限で、しかも短い。

とりあえず場をもたせるために口を開こうとしたとき、予想外のところから声が上がった。

「クラウディア嬢は、未来を示してくださったのです」

「トーマス伯爵夫人も、その場におられたら提案を無下にできなかったはずですわ」

いつの間に集まっていたのだろう。

自分とトーマス伯爵夫人を囲む輪が大きくなっているのには気付いていた。

けれど視界に入らない背後、クラウディアのすぐ傍に、パトリック夫人の刺繍の会で出会った人たちが陣取っていたのは予想外だった。

真後ろから放たれた援護射撃に、トーマス伯爵夫人は遠目にはわからない程度に顔をしかめた。

「無遠慮ではなくて？　わたくしはクラウディア嬢に訊いておりましてよ」

「自分の口からは言い出しにくいこともあると慮ったまでですわ。それに、わたしが受けた印象を、トーマス伯爵夫人にもぜひお伝えしたかったのです」

第三者が会話に割り込むのは、礼儀としてあまりよろしくない。

かといってタブーと言うほどでもなく、要はケースバイケースだった。

周囲の人たちに礼儀知らずだと思われなければ良いのである。

先だって声を上げたローレンス伯爵夫人は、皆様も気になっておられるのではないでしょうか、と周囲を巻き込む形で、それを回避した。

刺繍の会も招待客が多かったが、夜会に比べれば人数は限られる。

同席しなかった人たちは、トーマス伯爵夫人に臆さないクラウディアを見て、提案にも興味を引かれていた。一部の人間だけが企画に乗れるのは、ずるい、と思うほどに。

漏れ聞こえた声があったからこそ、ローレンス伯爵夫人も割り込めた。

(確かウール製品を特産品にしている方だったわね)

質の良い刺繍糸の手触りが蘇る。

すぐに対処したおかげで、紅茶のシミは綺麗に取り除くことができた。

新品同様になった刺繍を見て、一番顔を綻ばせていたのがローレンス伯爵夫人だった。

ローレンス伯爵夫人と一緒になって声を上げてくれたのは、紅茶が特産のアンセル男爵夫人だ。

まさか公の場で彼女たちが立場を表明するとは、クラウディアも考えていなかった。

大きな貸しを作れる場面ではなかったからだ。

静観していたところでクラウディアは恨まない。

うがった見方をすれば、商館との契約のためだろうか。

(そういえばトーマス伯爵夫人は、契約に乗り気だった人もバカにしていたわね)

商売は平民がすることだと。

貴族派もさることながら、商機を探している人たちをも敵に回す発言だった。

自分たちが貴族として正しい動きをしたと訴えるためにも、ローレンス伯爵夫人たちは前へ出てきたのかもしれない。

彼女たちの思惑がどうであれ、今は。

「未来を、見てくださったのですね」

話に乗る。

もっと周囲の人たちの気を引き、契約の正当性を提示することで、割り込んだローレンス伯爵夫人たちの立場を守るためにも。

「はい、クラウディア嬢のご説明からは、我が国の展望が窺えました」

「皆様も興味を持たれると思いますわ」

以前から国の政策へクラウディアが寄付していることも、他から上がる。

公娼の設立に際し、商館の売り上げをクラウディアは寄付していた。娼婦たちの環境を良くするために、それは今も続いている。

話を聞きたい人がいるなら、改めて説明することもやぶさかではないと、クラウディアはしっかり頷く。

「我が国の国力を喧伝するのが、一番の目的ですわ」

ローレンス伯爵夫人たちが水を向けてくれたおかげで、トーマス伯爵夫人との応酬では伝えきれなかった部分を補填できた。

建前を得たことで、耳をそばだてている人たちも動きやすくなったはずだ。

「結局はお金儲けの話でしょうに」

ふんっ、と変わらずトーマス伯爵夫人は鼻を鳴らす。

しかしこれは失言だった。

先ほどからの発言も併せて、クラウディアの提案は関係者に利益を生むものだと周知させる形になったからだ。

単なる商売だったら、王族派は二の足を踏む。

けれど建前があるなら話は別だ。

国のために動いて、なおかつ利益を得られるのなら、誰だって参加したくなる。

周囲のざわめきが大きくなったことで、トーマス伯爵夫人も自分の失言に気付き、顔色を変える。

クラウディアが提案の正当性を示した時点で、話題を変えるべきだったのだ。

もうローレンス伯爵夫人たちが話に割り込んだことを誰も気にしていない。

「わたしたちの特産品が国力の代名詞になるなら、王族派としても興味をそそられますわね」

ダメ押しはサヴィル侯爵夫人だった。

個人というより、商機を逃したくない王族派の人たちの気持ちを代弁したのである。

上級貴族は基本的に領地だけでお金を回せる。

けれどそれは貴族全体から見れば、ほんの一握りに過ぎない。

トーマス伯爵夫人一人の発言で、多くの王族派が商機を逃し、なおかつ貴族派が商機を掴むことになれば、不満の矛先は火を見るより明らかだった。

これはサヴィル侯爵夫人からトーマス伯爵夫人への警告でもある。

（夜会の規模を大きくしたのが裏目に出たわね）

王族派と貴族派が一堂に会していなければ、対抗意識が生まれることもなく、サヴィル侯爵夫人の警告も鬼気迫ったものにはならなかったはずだ。

トーマス伯爵夫人は、人を多く集めることでクラウディアを萎縮させたかったのだろう。

大勢に囲まれれば、少なからず圧倒される。

ここには損得を抜きにして味方になってくれる令嬢たちもいない。

刺繍の会で、パトリック夫人の陣営と契約を結んだにしても、親身になるほどでないと踏んでいた。

(わたくしも信じられないくらいだもの)

お妃教育の一環として参加した刺繍の会。

自分の姿勢を見せるため、起点にしようと動いたものの、影響力があるとは考えていなかった。

あくまでクラウディアにとっては、はじまりの一歩だったのだ。

トーマス伯爵夫人が動きを読めなくても仕方がない。

(だとしても、身から出たサビよね)

クラウディアを口撃するためとはいえ、関係者全体をバカにし過ぎた。

遂にはトーマス伯爵夫人が大勢から厳しい視線を向けられるに至る。

沈むなら、一人で沈めと。

トーマス伯爵夫人は声を震わせた。

「クラウディア嬢のご提案は、素晴らしいもののようですわね」

否定し続ければ、社交界で肩身の狭い思いをするのはトーマス伯爵夫人に成りかねなかった。

既にサヴィル侯爵夫人が多数の意見を代弁している。

折れたトーマス伯爵夫人に、クラウディアは満面の笑みを浮かべた。

「トーマス伯爵夫人に認めていただけて嬉しいですわ」

応えもそこそこにして、トーマス伯爵夫人はこの場を離れる。

ドスドスと感情のこもった足音が聞こえたような気がした。

（サヴィル侯爵夫人にも助けられてしまったわね）

ダメ押しが効いたのは明らかだ。

しかしサヴィル侯爵夫人の発言は、王族派のためでもあった。

クラウディアに貸しを作るために動いたというわけではない。

それでも、と我が身を振り返る。

（自分だけで乗り切ろうとしたのは浅はかだったかしら）

人生の先輩相手に、一人で戦う気だった。

ローレンス伯爵夫人たちの助け船がなければ、これほどはっきりと結果を残すのは難しかっただろう。

動かした視線の先で、シルヴェスターと目が合う。

――これも君の力だ。

そう言われている気がした。

王太子殿下は婚約者をダンスに誘う

王族派、貴族派関係なく夫人たちに囲まれているクラウディアを見て、シルヴェスターは目を細める。

脳裏で、卒業した学園での光景が重なっていた。

年齢、派閥に関係なく、自分の婚約者は人を集める。

トーマス伯爵夫人が離れたあと、考える素振りを見せるクラウディアに、シルヴェスターはアイコンタクトを送った。

これも君の力だと、自分の力を信じてほしかった。

人望がなければ、誰も助けに入らない。

予め助け船を出してもらえるよう賄賂を送っていても、裏切られるのが社交界である。

人の善意を信じられない世界で、クラウディアは人を動かす力を持っていた。

それがどれだけ凄いことか、クラウディア自身にはまだ自覚がない。

視線の先で青い瞳を輝かせる婚約者を見て思う。

「美しいだろう、私の婚約者は」

「皆が認めるところでしょう……ただ、それゆえに惑わされないかと、差し出がましいこととは存じますが心配になる次第です」
自慢げなシルヴェスターに対し、トーマス伯爵の表情には苦々しい思いが滲んでいた。
舌戦で妻が負けたのだから、さもありなん。
しかも相手は、自分の半分にも満たない年齢の令嬢だ。
トーマス伯爵の言葉に、シルヴェスターは片眉を上げる。
「私がクラウディアに踊らされると？」
「まさか。王太子殿下ほどの方が、そのような事態に陥ることは考えられません」
そう言いながら否定の言葉が続くのだろうと、シルヴェスターは静かに待つ。
「けれど若さに煽られる瞬間はあるかと存じます」
確かに、今にもシルヴェスターはクラウディアの腰に腕を回しそうだった。
できるならコルセットを外したあとにも。
（伯爵はわかっておらぬな）
どれだけ煽られても、望んでも、誰でもないクラウディアに止められるというのに。
いっそ実家の勢力拡大を強請られたらと思うこともある。
対価としてどんな風に甘え、誘ってくるだろうかと妄想するのは楽しい。
現実では、あり得ないとわかっているからこそ、やりがいがあった。
（未だにクラウディアを、一般的な令嬢と同等に考えているのか）
美しいだけの小娘に過ぎないと。

バカバカしいと呆れるのと同時に、自分だけがクラウディアを理解していることに優越感を覚える。

(私も全てを知っているわけではないが)

少なくとも王族派を代表していると自惚れている目の前の男よりは、見る目があった。

「伯爵には覚えがあるのか?」

性欲に踊らされ、失敗した経験があるのかと言外に問う。

伯爵は曖昧に微笑むだけだ。

実例も示せず、よく親身になっている風を装えるものである。

「私がそのような人間だと?」

シルヴェスターは伯爵の目を正面から見据えた。

自分の整った顔が相手にどういう印象を与えるか自覚した上で、表情を作る。

王太子である私が。

間違いを許されぬ私が。

現実と妄想の区別も付けられず、容易に理性を手放してしまうと伯爵は考えているのか。

時には妖艶に映る微笑を浮かべながら穏やかに問う。

「い、いえっ、あくまで仮定の話でございます。万が一……」

「伯爵は、万が一にでもあり得ると考えているのだな」

先代と同じようにカールを巻くトーマス伯爵の髪を眺める。

伯爵の瞳は細かく左右に揺れていた。

（ふてぶてしさは、先代のほうが堂に入っていたな）

年の功か。

結局、当主を引き継いだばかりの伯爵は、上手い切り返しが思いつかなかったようで、目礼して謝辞を述べる。

「……わたくしが浅慮でございました」

「わかってくれて安心した」

話はここまで、と言わんばかりにシャンパンに口を付ける。

気泡ごと不快感を呑み込み、シルヴェスターはクラウディアへ足を向けた。

ちょうど会場に響く演奏がダンスの時間を告げていた。

トーマス伯爵夫人が場の雰囲気を変えるため、指示を出したのだろう。

シルヴェスターの歩く先で人垣が割れていく。

徐々に視界を占める愛しい相手に、胸の中で幸せが満ちる。

心からの笑顔と共に、シルヴェスターは訊ねた。

「私と一曲踊っていただけるだろうか」

「喜んで」

目元を染めながら答えるクラウディアに、今にもキスしたくなる衝動を抑えながら、ダンスホールへエスコートする。

空色に身を包みながら踊る二人の様子は、思い切りが良く、招待客たちに晴れ晴れとした印象を与えた。

悪役令嬢は幽霊と対峙する

シルヴェスターとのダンスを終え、一段落したところでクラウディアは気になっていたことをローレンス伯爵夫人に確認する。

刺繍の会で、彼女はパトリック夫人の友人席に座っていた。

パトリック夫妻が不参加の事情も知っていると思ったのだ。

しかし予想に反して、ローレンス伯爵夫人は困惑を見せた。

「それがパトリック夫妻も参加予定のはずだったんです」

急遽姿を見せなくなったパトリック夫妻に、友人たちも何かあったのではと心配しているという。

「お昼にパトリック夫人とお茶をした人もいて、確かに出席する予定だったというのですが……トーマス伯爵夫人に確認しても、何も知らないようで」

「不参加の連絡も入っていないのですか？」

事情があって行けなくなった場合でも、誰かしら人をやるのが普通だ。

手紙を持たせるなりして、謝罪を伝えるのが礼儀だった。

しかも相手はトーマス伯爵夫人である。

パトリック夫人とて、ぞんざいに扱える相手ではない。

友人たちが心配を募らせるのも無理はなかった。

（どうして嫌に胸がざわつくのかしら）

特別会いたいほど、親交のある間柄ではないというのに。

パトリックはシルヴェスターの叔父だが、不在でもシルヴェスターは気にしていなかった。

しかし連絡がないという事態を隣で聞き、確認に動く。

「いくら叔父上でも、礼儀を忘れるような方ではない」

むしろ貴族としての誇りを持ち、血筋を重んじる人だ。

――何かが起きている。

その事実に、クラウディアは言い様のない不安に駆られた。

「シル、わたくし、今夜はもう引き上げようと思います」

「そうだな……トーマス伯爵夫人も引き留めはしないだろう」

クラウディアとしては結果を残した。

今は顔も見たくないだろうが、トーマス伯爵夫妻に挨拶して夜会を辞す。

予想通りというか、トーマス伯爵夫人からしたら早く帰ってほしそうだった。

王家の馬車に乗り込むと、シルヴェスターが隣に腰を下ろす。

そして身を寄せ、クラウディアの肩を抱いて労った。

「大丈夫か？　顔色が良くない」

「どうしてか焦りを感じていて……パトリック夫人は大丈夫でしょうか」

「確認に人をやった。サンセット侯爵家の屋敷は遠くないから、すぐに状況を把握できるだろう」

頷きながらも、クラウディアは首を傾げる。

（わたくし、どうしてパトリック夫人が心配なのかしら）

パトリック夫妻、ではなく。

鈍色の髪に、ベージュの瞳を持つ夫人の姿だけが頭に浮かぶ。

なぜ、無意識の内に夫であるパトリックを除外したのか。

何かが掴めそうだった。

ドクドクと耳の裏で脈動がうるさく響く。

「シル……シルは、幽霊を信じますか？」

突拍子もない質問だが、それが糸口に思えた。

幽霊が現れた修道院——古城は、元々サンセット侯爵家のものだ。

「私は信じていない。修道院の話か？　幽霊がまた現れたと言っていたな」

お妃教育で修道院に滞在したことはもちろん、司祭のことも含め、一連の出来事をシルヴェスターには伝えていた。

「客観的に見て、どう思われますか？」

「司祭の見間違いだろう。ディアとの会話で踏ん切りがついても、古城への思い入れは簡単に消えないはずだ。先延ばしにしていた取り壊しが決定し、残り少ない日数が精神に影響を与えたのではないか？」

クラウディアを訪ねてきた司祭の様子は尋常ではなかった。

再度幽霊が現れる前から、自覚もなく追い込まれていた可能性はある。

「残り少ないから……」

乱暴だけれど、取り壊してしまったほうが、幽霊も出ないのではと考えたことがあった。

もし、それが正鵠《せいこく》を射ていたとしたら。

「シル、今すぐ修道院へ向かってください！」

何事かと訊ねる前に、シルヴェスターは御者に行き先の変更を告げる。

クラウディアの様子から時間に余裕がないのを察していた。

「王妃殿下にも連絡をお願いします」

「わかった」

行き先を変えたため、どちらにしろ王城とリンジー公爵家に伝える必要がある。

二人で手紙を認め、騎士の一人を伝令に割いた。

「到着には時間がかかる。ディアの考えを訊かせてくれるか？」

「はい、わたくしも話すことで考えを整理したいです」

手配が済み、少し落ち着きを取り戻したクラウディアに、シルヴェスターが水を渡す。

有り難いことに馬車には手紙の他にも、焼き菓子など軽食も揃えられていた。

喉を潤し、ほっと息をつく。

「劇場で出会った青年の話は覚えておられますか？」

「ああ、金髪に紫目の美しい青年だったか」

劇場では青年の言葉を消化しきれず伝えられていなかったが、司祭の話を機に整理がついて話していた。

「彼の存在は説明がつきません」

「うむ、仮に白昼夢だったとしても、途絶えた分家の家紋を君が知るよしはないからな」

人相書きを作りたくても、目鼻立ちが思いだせない青年。

ただ印象だけはしっかり覚えているのだから不思議だ。

青年から得た情報は、クラウディアには関係のないものだった。

最後の言葉だけは胸に響いたが、青年の存在が意味を持ったのは修道院に滞在してからだ。

司祭から話を聞いた今では、青年がクリスティアンだと信じてやまない。

「だから修道院で見かけた白い人影も、本物の幽霊である可能性を捨てきれませんでした」

目撃後にあとを追ったものの、姿を消していたから余計に。

「けれど白い人影——髪の長い霊の元になる話は、司祭のねつ造だったのです」

司祭は自分の勝手な行為が、霊を呼び覚ましてしまったのだと考えていたが、果たしてそうだろうか。

「人影に司祭は関与していなかったのだったな？」

「はい、後日の取り乱した様子からも、司祭の話に嘘はないでしょう」

幽霊話のねつ造を知ったとき、白い人影も司祭の細工だと思った。

クラウディアに思惑がバレている以上、そこだけ取り繕っても意味がない。

再度幽霊話を持ち出すのもだ。

「だからといって、本物だと判断するのは早計でした」

「司祭以外の誰かが関与していると？」

シルヴェスターの中でも既に答えは出ているだろう。

それでも質問するのは、クラウディアが考えをまとめるのを手伝うためだった。

「幽霊話は他の人も知るところです。そして司祭以外にも、古城を取り壊したくない人がいました」

「叔父上か」

パトリックは古城に並々ならぬ愛着を持っている。

司祭が広めた幽霊話に便乗して、白い人影を用意しても不思議ではない。

「サンセット侯爵家も、さすがに教会の決定は覆せないしな」

寄付した以上、古城は教会のものだ。

縁あって司祭が守ってきたものの、これは巡り合わせが良かっただけの話である。

ただ仮にパトリックが関与していても疑問は残る。

どうやって白い人影はクラウディアたちの前から姿を消したのか。

「劇場で会った青年の話を、全て鵜呑みにするのもどうかと思うのですが……」

彼は恋人との馴れ初めをクラウディアに語った。

夜な夜な隠し部屋である地下室に通っていたと。

「だから母上に連絡を入れたかったのか」

「避難用の地下室だと聞いていたので、もしかしたらご存じかと思ったのです」

子ども時代、王妃は兄妹で古城を訪れていた。

いざというときのために、避難経路を教えられているかもしれない。

「その秘密の地下室が城壁塔にあるなら、わたくしたちの目を欺くこともできたでしょう」

「人が来る前に隠れれば済むからな」

幽霊が出没するのは決まって夜だった。

照明のない暗がりを歩くのに、人は明かりを持つ。

すぐ近くに人がいない瞬間を狙うのは難しくないだろう。

「確認のため城壁塔の中に入ったときに、生温い空気を感じたのです」

季節にそぐわない感覚は、ただ気味が悪いだけだった。

「しかし改めて考えてみれば、あれは人がいた痕跡だったのではないでしょうか」

足下を照らす明かりは、熱源にもなる。

ふむ、とシルヴェスターが頷く。

「誰かが明かりを持ってそこにいたか、または地下から熱気が上がってきていた可能性があるな」

温かい空気は上に、冷たい空気は下に溜まるものだ。

それが結果として不気味な空間をつくったのではないか。

ここまでの話に焦る理由はない。

クラウディアにとって問題なのは、隠れるためだけでなく、地下室を利用する目的が他にあった場合だ。

「青年は黒魔術をおこなうために、地下室へ通っていました。使用人との出会いもあり、笑い話になっていましたけど」

生け贄を捧げもしたと。

青年の話は、現状にことごとく符合した。

「加えて、あの地域には古くから生け贄を求める霊が存在します」

「生け贄を利用する動きがずっとあったのか」

火のない所に煙は立たない。

生け贄を求める霊が作り話だったとしても、何か土台になるものがあったはずだ。

「黒魔術についてはよくわかりませんが、近所で動物がいなくなっているのは事実です」

修道院にあった張り紙が頭に浮かぶ。

動物の失踪は一度だけではなかった。

生け贄は対価として捧げられるもの。

一度では対価を得られず、動物の失踪が続いているのだとしたら。動物ではダメだと判断した場合、次なる生け贄は何になるだろうか。

全て偶然ならいい。

パトリック夫妻も、最近の仲睦まじい様子から、突然デートに行こうと思い立ったのではと、この焦燥が徒労に終わることを願う。

同時に、最悪の想定もしておかなければならない。

クラウディアたちは、その最悪に備えて修道院へ向かった。


「これはこれは、王太子殿下まで……」

修道院に着いたのは、ちょうど日付が変わる頃だった。

突然の訪問に、カルロ司祭は目を丸くする。

幽霊の目撃があった城壁塔へ向かいながら、クラウディアはいくつか司祭に質問した。

修道院の取り壊しについて施工主が見付かったことを誰に話したか。

また念のために、青年の話に出てきた予言者についても確認した。

もし青年の話が「正」となるなら、取りこぼしはできない。

「予言者については、サンセット侯爵家に伝わっている話だと伺っています」

「予言者の髪色はご存じですか?」

返ってきた答えに、クラウディアは天を仰ぎたくなった。

シルヴェスターも顔をしかめる。

二人とも、夫人の髪を愛おしむパトリックの姿を劇場で見ていた。

「髪色は私も最近パトリック様から聞いただけですが」

「そうですか……」

どうやって彼が髪色を知るに至ったのか。

それも思い当たる節があった。

けれど今は、地下室の捜索を優先すべきだ。

司祭が城壁塔のドアを開けるのに合わせて、中へ入る。

「なるほど、確かに生温いな」

以前と同じ空気が、室内に漂っていた。

手分けして地下室の入り口を探すも、クラウディアたちの前にあるのは石壁だけだった。

行き先は告げてあるので、王妃が答えを知っていたら届けてくれるだろう。

(大人しく待ってはいられないわ)

シルヴェスターが一度壁から下がり、部屋の中央から全体を見渡す。

「簡単に見付かっては避難経路にならぬか」

視線が巡る先、二階ぐらいの高さに設けられた小さな窓からは、月光が差し込んでいた。

「西の窓に、手は届かない。でも焦らず、壁を押しなさい」

「シル……？」

突然、歌うようにシルヴェスターが呟く。

「昔、母上から教えられた歌だ。有事に関することは、子どもでも覚えやすいように歌にして伝えているると聞いた」

けどこの歌は忘れてもいいわよ、と言われたので、記憶の奥底に眠っていたという。

「続きは確か……窓を見て、下から三番」

石壁は様々な形の石が積み上げられ、崩れないよう固められている。

しかし石と石の間にくっきりと溝がある部分も少なくなかった。

窓の真下、床から三番目にある石を押す。

動かないはずの石が数センチ下がったことで、シルヴェスターは先を急いだ。

「怖がらないで、石が守ってくれるよ。右を見て、下から六番。左を見て、下から二番」

体の位置はそのままに、最初に押した石の隣の列を押していく。

「壁は君を防がない。潜ろう、窓を見て、下から一番……ん？」

歌に沿って一番下の石を押すが動かない。

歌詞が間違っているのだろうか。

クラウディアが答えを出す前に、シルヴェスターが動いた。

古城は床も石畳でできている。

壁側にある床の石が押されたとき、床の一部が上へ迫り出した。

「なるほど、潜ろう、はこういうことか」

今までずっと壁を押していたが、最後だけ床を押せという意味だった。

迫り出した部分を持ち上げると異様に軽い。

子どもでも動かせるよう、ここだけ色味を合わせた軽石が用いられていた。

現れた階段をまずは護衛騎士が下り、クラウディアたちも続く。

身長の高さほど下ったところで生臭さが鼻を衝いた。

クラウディアは咄嗟に腕で鼻を覆う。

「嫌なにおいだ」

意識すると吐き気をもよおしそうだった。

階段を駆け上がり、外の空気が吸いたくなるのをぐっと堪える。

「ディアは上で待っていてもいいのだぞ」

「ここまで来て、引き返せませんわ」

もう答えは出ているようなものだが、最後まで自分の目で見届けたかった。

(最初からクリスティアン様は、全て教えてくださっていたのに)

再び姿を現さないのも道理である。

伝えるべきことを、彼は全て言い終えていたのだ。

現実と結びつけるには難があるとはいえ、今の今まで思い当たらなかったのは、自分の落ち度だった。

階段を下りきると空間が広がっていた。

隅々まで照らし、護衛騎士が安全を確保する。

そしてシルヴェスターに確認を取り、目の前に現れたドアを開け放った。

生温い空気が出口を求めてクラウディアに体当たりしてくる。

息を止めてしのぐと、先にある部屋で白いローブを着た人物が佇んでいた。

先に入った護衛騎士に、ギョロリと目が向けられる。

汚れた手には短剣が握られていた。

床に等間隔で立てられたロウソクが、描かれた模様を照らす。

正円に走る線と文字。

黒魔術で使用される魔方陣だった。

魔方陣の中心に、パトリックはいた。

「叔父上っ、乱心したか！」

「誰だと思ったらシルヴェスターか。ちょうど良い、お前も見て行きなさい」

二人の会話を聞きながら、部屋を見渡す。

（パトリック夫人はどこ⁉）

ところどころ黒い汚れが目立った。

元が何だったのかは、考えたくない。

「おられました！」

騎士がパトリック夫人を見付ける。

ロウソクの明かりから離れ、陰になる部分に夫人は倒れていた。

幸い、息はあるようだ。

「私の妻に触るなっ！」

普段のパトリックからは想像できない怒号に、騎士が動きを止める。

すぐさま指示を出そうとするシルヴェスターへ、パトリックは向き直った。

「これから私が予言の力を取り戻す。さすれば、お前の統治も安泰だ。心配ない、完璧な生け贄を用意したのだから、必ず力は得られる」

「叔父上、動かないでください」

「わからぬか！　今こそ偉業を成し遂げるときだ！」

短剣を握る手に力がこめられた瞬間、シルヴェスターとの間に入っていた騎士にパトリックは取り押さえられた。

「なぜ邪魔をする⁉　お前のためでもあるというのに！」

「私のためではない。叔父上の自己満足のためだろう」

パトリックは抵抗するものの、現役の騎士に敵うはずもなく、手から短剣を落とす。

「私が力を得ればっ、サンセット家はもっと大きくなる！　教会をも凌駕《りょうが》する力を手に入れられるのだぞ⁉」

つばを飛ばし、狂気に染まった表情を見せる。

変わり果てた姿に、最後尾にいた司祭はなんということだと打ちひしがれた。

司祭から見たパトリックは敬虔だった。

しかし発言からわかる通り、心の中では教会を軽んじていたのだ。

シルヴェスターは、苛立たしげにまとめた前髪を手で崩す。

「都合の良い、特別な力など存在せぬ。いつまで子どもの頃の幻想に取り憑かれているのだ！」

「お前は先祖を蔑ろにするのか⁉」

話にならぬ、とシルヴェスターは連行を命じた。

ショックを受けながらも司祭が申し出る。

「修道院の馬車をお使いください。王城へ行っても不審は招かないでしょう」

教会の紋章が入った馬車なら、急に訪れても不思議はない。

王城の案件——使用人が亡くなった場合など、時間に関係なく修道者が呼び寄せられることはままあるからだ。

パトリック夫人も運び出されていく。

「黒魔術か……」

疲れた声で呟くシルヴェスターの手には、いつの間に拾ったのか一冊の古びた本があった。

隣に寄り、クラウディアも内容を覗く。

開きクセがついたページには、生け贄の捧げ方について書かれていた。

「こんなものをよく信じられたものだ」

「精神的に追い込まれていたのではないでしょうか」

傍目には元気そうに見えても、心のうちまではわからない。

劇場で会った青年も、行き詰まって黒魔術に手を出していた。

「この本も含めて、調査せねばな」

音を立てて閉じられた本を見る。

（予言の力とおっしゃっていたわね）

クラウディアには思うところがあった。

しかし留まれば留まるほど気が滅入りそうだったので、シルヴェスターと二人、外へ出ることを優先する。

月明かりが見えた瞬間、冷たい空気が肺を清めてくれるように感じられた。

悪役令嬢は二人の母を得る

事件後、クラウディアは王妃から招待を受けた。

燦々と日光が降り注ぐ中、王族専用の庭園へ案内され、白いガーデンチェアに腰掛ける王妃とパトリック夫人を見る。

クラウディアが姿を現すなり、パトリック夫人は立ち上がって頭を下げた。

「先日は助けていただき、ありがとうございました」

「間に合って良かったですわ。どうぞ、お座りになってください。お加減はいかがですか？」

「おかげさまで復調しております」

そう言うものの、パトリック夫人は見るからにやつれていた。

体の傷は治っても、夫――パトリックのことがある。

彼女の心が癒えるのは、まだ先になりそうだった。

クラウディアが席に着いたところで、王妃が口を開く。

「わたくしからも感謝を。エリザベスを助けてくれて、ありがとうございます。そして兄が迷惑をかけましたね」

「勿体なきお言葉です」

相変わらず王妃には年齢を感じさせない美しさがあったが、心なしか彼女も疲れて見えた。

「ことを公にせず、シルヴェスターに任せてくれたことも助かりました。サンセット侯爵家を責めることもできたでしょうに、なぜ、そうはしなかったのです？」

真意を見極めようとする紫目と向き合う。

パトリック夫人を通し、サンセット侯爵家がクラウディアを牽制しようとする動きは透けていた。

事件を告発すれば、立場は逆転しただろう。

けれど王妃の言う通り、クラウディアは沈黙を守った。

「単純なことですわ。王妃殿下の生家であり、国の中枢を担うサンセット侯爵家が打撃を受けるのは、国にとって損でしかありませんもの」

国内に限った権力闘争なら、違う選択をしたかもしれない。

でも現実は、当然、他国の目がある。

弱みを虎視眈々と狙う勢力が全方位にいるにもかかわらず、我を通すためだけにサンセット侯爵家を攻撃すれば、国力の低下を招く恐れがあった。

周り巡って自分の力を削ぐことになりかねないとなれば悪手でしかなく、クラウディアの取る行動は決まった。

答えを聞いて、王妃は静かに頷く。

「お茶会と刺繍の会については、わたくしも詳細を聞いています。特に刺繍の会での対応には感銘を受けました。いつも国のことを考えてくれて……あなたがシルヴェスターの婚約者で良かったと、心から思います」

「王妃殿下からそのような言葉を賜れて、身に余る光栄ですわ」

「ふふ、どうか気楽に接してください。わたくしのことは、アレステアとお呼びになって。わたくしもディーとお呼びしていいかしら？　ディアと言うと、あの子が怒りそうだから」

シルヴェスターの狭量さ、というか独占欲は王妃にも伝わっていた。

彼女の様子から、良い評価を得られたようでほっとする。

愛称呼びについては、もちろん快諾した。

「エリーの嫌がらせにもよく耐えましたね」

「その節は失礼いたしました」

パトリック夫人は、すっかり人が変わってしまっていた。

クラウディアに対する負い目からだろうけれど、居心地が悪く感じる。

嫌みな人の弱々しい姿は、どこか切ない。

あの陰鬱な地下室で愛する夫に襲われ、力なく倒れている彼女を見たからだろうか。

「お立場あってのことだったと察しております。よろしければ、パトリック夫人もわたくしのことは気軽に呼び捨てになさってください」

「あなたはどこまでも人が出来ているのね。憎らしいわ」

「エリー」

少し調子を取り戻したパトリック夫人を、王妃がたしなめる。

「構いません、厳しく接していただくほうが身が引き締まりますし」

クラウディアが微笑むと、パトリック夫人は盛大な溜息をついた。

「成人済みだとはいえ、クラウディアの余裕はどこから来るのかしら？　年齢を偽っているのではなくて？」

指摘に、少しドキリとする。

でもそれ以上に、呼び捨てが嬉しくて笑みがこぼれた。

パトリック夫人のベージュの瞳が細められる。

「わたしのことはエリザベスで結構よ。どうやらあなたは、希代の悪女のようだわ」

「ディー、エリーは素直になれないだけだから、悪口は反対言葉にするといいわよ」

王妃がころころ笑う。

嫁がいとこに認められて、彼女も嬉しそうだった。

「参考にさせていただきます」

二人のやり取りに、パトリック夫人が目尻をつり上げる。

「人を誑《たぶら》かすのが上手いのよ、この娘は」

「恐縮ですわ」

王妃のパトリック夫人に対する評価を聞いたあとでは、睨まれても怖くない。

意に介していないクラウディアの様子に、パトリック夫人は額へ手をやった。

「はぁ、シルヴェスターも大概だから、ちょうどいいのかしら」

「そうよ、あの子の偏屈さに慣れているのだから、エリーが凄みを利かせたところで怖いわけないでしょうに」

「なるほど、ようやく納得がいったわ」

母親と叔母にかかれば、シルヴェスターも形無しだった。

(この場にいたら、どんな顔をしたかしら)

思いっきり顔をしかめる姿が浮かび、笑みが漏れる。

ふと視線を上げた先で、双方向から見つめられていて戸惑った。

二人の表情に、慈愛を感じたからだ。

クラウディアは、ヘレン以外の女性から慈しまれることに慣れていない。

「ディー、社交界では、わたくしが助けに出られない場面もあるでしょう。そのときはエリーを頼りなさい」

王妃が動けば衆目を集め、内々に収めたいことも公にしなければならなくなる。

そのため小回りが利かない分は、パトリック夫人が担うという。

「リリス様では助けになりませんからね。血が繋がっていない母親の存在には慣れているでしょう？」

言い方はあんまりだが、パトリック夫人も請け負う。

後半の言葉に、クラウディアは目頭が熱くなった。

家庭のことを揶揄するようでいて、パトリック夫人は、社交界では自分が母親代わりになると言ってくれているのだ。

二人の、大人の女性の気遣いに、瞳が潤む。

十四歳のときに、実母を亡くした。

逆行しても、既に亡くなったあとだった。

それから知っていた通り、継母を迎えることになった。

逆行前は関わりを絶っていた継母は優しい人で、実子と分かれて暮らすことになった今でも、クラウディアを支えようとしてくれている。

十分だった。

十分だと思っていた。

まさか、これ以上があるなんて、想像もしていなかった。

「ありがとうございます。お二人のご期待に応えられるよう頑張ります」

「精々恥をかかせないでちょうだい」

「これは無理しなくていいという意味よ」

「アリーっ、勝手に解釈しないでくださる⁉」

エリーとアリー。

パトリック夫人は王妃の兄嫁にあたるが、元がいとこなだけあって、二人の間に壁はなかった。最初は重く感じられた空気が、軽くなっていた。

こほん、とパトリック夫人が居住まいを正す。

「話はこれだけではありません。今後のことも踏まえて、クラウディアもサンセット侯爵家の決定を知る必要があるでしょう」

言外にパトリックの処分が決まったことを告げていた。

続きを王妃が引き取る。

「社会に与える影響を鑑みて、兄は病気で療養することになりました。監視の目が置かれ、二度と社交界に戻ることはありません」

人里離れた郊外に幽閉されるという。

「本家の跡取りがいなくなることから、分家筋のエリーの弟を養子に迎えることを決めました。彼がサンセット侯爵家の次期当主になります」

「エリザベス様はどうされるのですか？」

「心配はご無用よ。わたくしは王都に残り、次期当主の姉として立場を守ることになるわ」

パトリックが退けば、クラウディアの後ろ盾となるパトリック夫人の影響力がなくなるのを心配した質問だと思われたようで、そんな答えが返ってくる。

「付いて行っても、あの人はわたくしを必要としないでしょうから」

だったら必要としてくれる人の傍にいる、とパトリック夫人は自嘲した。

（エリザベス様は、パトリック様を愛しておられたのに……）

気持ちは報われなかった。

パトリックは改心などしておらず、彼が愛したのはパトリック夫人が持つ「血」だった。

「これがサンセット侯爵家の決定です。エリーがディーの後ろ盾になることも了承させました」

にっこりと王妃が笑う。

どうやらこの点については、当主である父親が快諾しなかったようだ。

サンセット侯爵家とリンジー公爵家のパワーバランスを考えてのことだろうと推測する。

最終的には王妃に説得されたようなので、クラウディアから言うことはない。

「続いて事件の経緯についてもご説明します。ある程度、ディーも把握しているでしょうけれど」

パトリックは本人も語っていたように、特別な――予言の力を得たいがために、黒魔術に傾倒していった。

周辺で起こっていた動物の失踪事件もパトリックの仕業で、動物たちは生け贄に捧げられた。

「エリーが狙われたのは、彼女の髪色が、わたくしたちの先祖と同じだと判明したからです」

長らくサンセット侯爵家を象徴するのは、金髪と紫目だった。

ところが、先祖の墓から鈍色の髪が発見されたことで、パトリック夫人の髪色は先祖帰りだったと判明したのである。

人知れず墓を暴いたのもパトリックだ。

司祭が墓参りの際に、霊が蘇ったように感じた違和感は、これによるものだった。

「サンセット侯爵家には言い伝えがあるのです。簡単に言えば、予言の力を持った先祖が家を大きくした、というものですわ」

「発見された鈍色の髪の持ち主が、その予言の力を持った方だったのですか？」

「その通りです。兄にはエリーが、予言者の生まれ変わりに見え、予言の力を自分のものにするために、彼女を利用しようとしました」

言い伝えのくだりは、劇場で会った青年も同じことを言っていた。

子ども時分の彼が心を躍らせたように、パトリックも特別な力に魅せられた。

「実はこの予言者については、わたくしも触れたことがあるのです」

「アレステア様もですか？」

「誓って、兄と同じ動機ではありません。わたくしがまだ婚約者候補だったときの話です」

現王ハルバートがまだ王太子だった頃。

アレステアは婚約者候補の一人に選出された。

サンセット侯爵家と対立する家からも候補が選ばれ、相手はアレステアの粗探しをした。

事前にその動きを察知し、相手の企ては防いだのだが、その折に一人の民俗学者と出会ったという。

学者はサンセット侯爵家にまつわる、予言者について研究していた。そこに対立候補が目を付けたのだ。

サンセット侯爵家の前身である、サンセット家。

サンセット家のかつての領地を旅し、学者は残された痕跡から、ある事実に行き着く。

「予言者は実在しました。どのようにして予言がおこなわれたかまではわかりませんが、特別な力を持つ人物は確かにいたのです。その方は女性で、サンセット家の血筋ではありませんでした」

鈍色の髪の持ち主でもあります、と王妃は語る。

「予言の力を見込まれ、女性はサンセット家に嫁入りしました。問題はここからで、女性は子どもを身ごもったあと、予言の力を失ってしまいます」

そして力をなくした女性を、当時の当主は冷遇した。

「本家からも追い出され、辿り着いたのが、教会へ寄付された古城のある地域だったようです。彼女は自分を冷遇した当主を恨みました。使い捨てにされたのだから当然ですね」

サンセット侯爵家の家系図に、彼女の記載はないという。

「彼女は子どもを出産後、早逝しました。恨みを買った当主は、彼女の呪いを恐れて墓だけは立て、子どもはサンセット家で引き取った。というのが学者の推測でした」

実際、修道院近くにある分家の墓には、古く名前のない墓石があった。

パトリック夫人が先祖返りを起こしていることを鑑みれば、学者の推測は当たっているように思える。

「この話には続きがあって、学者は該当地域に伝わる生け贄を求める霊も、この女性だと結び付けていました」

夜な夜な生け贄を求める白いドレスを着た女の霊。

嘘か真か、予言者の女性も白いドレスを好んで着ていたと学者は言ったらしい。

（もし全て学者の読み通りなら、予言者の女性も黒魔術に傾倒していたのかしら？）

力を失い、生け贄を求めたのは、再び力を得るためではないのか。

嫌な偶然に、二の腕が粟立つ。

「墓の存在から、何かしら不幸があったのは事実です。けれど幽霊話については確証がなく、わたくしは意に介しませんでした」

それが時を経て、王妃の前に姿を現す。

「兄の事件を聞いて、真っ先に思い浮かんだのが、この話でした。兄は、当時の当主に冷遇された女性の霊に取り憑かれたのではないかと、気が気でありませんでした」

「取り調べの結果、アリーの心配は杞憂に終わりました。パトリック様は、自分の不甲斐なさから黒魔術に逃げただけだったのです」

ずっと静かに聞いていたパトリック夫人が話を締める。

パトリックは取り調べで、優秀な妹と比べられる苦痛を、親戚までも自分を下に見ていると自分勝手な不満を語ったという。

「幽霊は関係ないと、その一点については安心しましたわ。修道院に現れるという髪の長い霊も作り話だったようですし」

クラウディアは同意して、微笑みを返す。

そして、ふと思いだした言葉を舌に乗せた。

「もし機会がありましたら、過去に囚われないでください、とパトリック様にお伝え願えますか?」

これにはパトリック夫人が頷いて答えた。

「伝えておきます。見送りには行く予定ですから」

「エリーには苦労をかけるわ」

「あなたが背負うものほどではなくてよ」

王妃という身分は、決して華やかなだけではない。

むしろ、それ以外のほうが多いだろう。

いとこの労いに王妃は苦笑し、ありがとう、と感慨深く目を閉じる。

次に宝石のような紫色が見えたときには、調子が戻っていた。

「黒魔術については規制したいところだけれど、事件を公表していないから難しそうなの」

ただパトリックが持っていた本の入手先など、関係しそうなところには今後何かしら理由を付けて監査を入れるという。

ことの顛末を聞いたあとは、朗らかな空気で三人だけのお茶会は幕を閉じた。

帰りの馬車の中、クラウディアは無意識に腕をさする。

(偶然、で片付けていいのかしら)

王妃は、クラウディアが劇場で会った青年の話を知らない。

彼も黒魔術に手を出していたことを。

（予言者の女性がはじまりで、脈々と黒魔術に頼る気風が続いているとしたら？）

考えすぎかしら、とクラウディアは背もたれに体を預ける。

続いているといっても、青年とパトリックの間だけでも数十年という年月がある。

青年については、黒魔術から手を引いてすらいた。

心配する必要はないと信じたい。

（でも青年のことだけは説明がつかず、生け贄を求める霊は存在を否定されていないのよね……）

髪の長い霊は司祭の作り話だった。

では生け贄を求める霊は？　もちろん作り話である可能性も否定できない。

そして作り話でない可能性も否定できないのだ。

（考えても詮無きこと）

答えが出るとは思えず、クラウディアは今後に考えを集中させた。

トーマス伯爵夫人の夜会でも話が出たので、現在商館に関する問い合わせが殺到している。

文官も追加した。

屋敷に帰ったあとは、書類仕事がクラウディアを待っていた。

悪役令嬢は墓参りに訪れる

王都郊外にある修道院。

取り壊しが決まった古城近くの林にある墓地を、クラウディアは訪ねていた。

風が木の葉を揺らす音を聞きながら、目的の場所へ向かう。

王妃の話を聞く前から、クラウディアには気になっていることがあった。

一度パトリックに暴かれ、事件後、整頓された名前のない墓石の前に立つ。

木漏れ日が、クラウディアへ降り注いだ。

「あなたも逆行したの？」

予言の力を持った女性。

彼女が力を失ったのは、逆行前より生きながらえたからではないか。

墓石は何も答えない。

もしかしたら本物の予言者だった場合もある。

それでもクラウディアは、この特別な力を持った女性の人生が、他人事には思えなかった。

卒業した学園で企画した、学園祭を思いだす。

逆行前は、異母妹《いもうと》の案だったことを。

内容はクラウディアが自分で考案したものだが、過去の歴史を知っている。

クラウディアが逆行後に頼ったのは、娼婦時代に培った技能だったけれど、そこには知識も含まれた。

（選択を誤れば、わたくしもあなたと同じ末路を辿っていたかもしれないわ）

ふう、と息を吐き、背筋を伸ばす。

そして。

「過去に囚われないでください」

劇場で会った青年からの言葉を伝えた。

彼の言葉は、自分にも、司祭にも、パトリックにも通じるものだ。

もし予言者も逆行していたなら、と同じ言葉を届ける。

（これで全員に伝わったかしら）

たった一つの言葉。

この言葉を色んな人に届けたかったがために、青年はクラウディアの前に姿を現したのではないかと思う。

予言者の墓前を辞し、次なる墓石へ移動する。

墓石には、クリスティアン・サンセットと名前が刻まれていた。

劇場で会った青年を頭に浮かべる。

「どうしてかしら、日を追うごとに、あなたの記憶が薄れていくの」

確かに顔を合わせたはずなのに。

目鼻立ちはもちろん、これといった特徴ももう思いだせない。

残っているのは、クリスティアン・サンセットという青年貴族が存在したという事実だけ。

こうして人は死後、忘れ去られるのだと、体感させられているようだった。

「でもね、不思議と持って行くのは、このドライフラワーが良いと思ったのよ。枯れないからかしら？」

喜んでくれると嬉しいわ、とクラウディアは墓石に花束を供える。

やりたかったことを全て済まし、馬車へ足を向けた。

銀糸が日の光を跳ね返して煌めくのを見る。

シルヴェスターが馬車の前で待ってくれていた。

目が合い、二人揃って微笑みを浮かべる。

墓石の前では、花束から顔を出した花が涼やかな風に揺れていた。

白い小花が連なる姿は、雪が積もった木を連想させる。

他にも花束の中には、薄いピンク色のものもある。

添えられた花の名前は、アスチルベ。

花言葉は――自由。

第六章　完

悪役令嬢は懇親会に招かれる

外では木枯《こが》らしが吹く中、暖炉と陽光で室内は心地よい温度になっていた。

レースのテーブルカバーは肌触りがよく、繊細な刺繍が目も楽しませてくれる。

(相変わらず良いものを揃えてらっしゃるわ)

サンセット侯爵家の敷地内に設けられた離れの邸宅でも、パトリック夫人――エリザベスの審美眼はいかんなく発揮されていた。

問題を起こした夫のパトリックは、表向きは病気療養のため、地方へと旅立った。

離婚はしていないため、依然として王都に残ったエリザベスはパトリック夫人で通っている。

(籍を抜く選択肢もあったでしょうけれど)

何せ命の危険に晒されたのだから。

サンセット侯爵家は、縁を切られても文句は言えない。

しかし今後を見据え、再婚の芽を潰しても、エリザベスはパトリック夫人であり続けることを選んだ。

「流石に愛想は尽きていますけどね。子どものこともありますから、しばらく様子見よ」

そう語るエリザベスの瞳には哀愁があった。

本邸から離れへ住まいを移したあとも強気な態度は崩さないが、まだ完全に心の整理ができたわけではないのだろう。

時間が解決してくれることを祈りつつも、ふとした瞬間にエリザベスが本音を覗かせてくれるのが、クラウディアは嬉しかった。

（気を許してもらっている何よりの証拠だもの）

お妃教育では散々嫌がらせを受け、高圧的に接せられてきたけれど、今では後見人の一人になってくれている。

本日、リリスと共に新しい住まいへ招待されたのも、その縁あってのことだった。

とはいえ、憎まれ口は変わらない。

「それにしても、あなたたちは揃って可愛げがないわね」

完璧な所作を披露する二人に対して向けられた言葉だった。

エリザベスのいとこである王妃の解説のおかげで、本音ではないとわかってからは、ほっこりするばかりだが。

（いざというときは、わたくしが間に入るつもりだけど）

リリスの嬉しそうな反応を見る限り、今のところは大丈夫そうだ。

「まぁっ、クラウディアさんとお揃いなんて」

反応に毒気を抜かれたのか、エリザベスは唇をへの字に曲げた。

「クラウディアとは違う手強さがあるわね。こういうのが一番、質《たち》が悪いのよ」

わかります、とクラウディアも頷く。

クラウディア同様、エリザベスも理路整然と思考を巡らすタイプである。取る行動はそれぞれだが、平時なら感情を分けて考えられた。逆を言えば、感情のまま行動するのが苦手だ。

片やリリスは、打算なく感情を表に出すのが上手かった。今も心で感じたままに行動しているに過ぎない。

「嫌みが通じない相手には、何を話したら良いのか途方に暮れるわ」

エリザベスの性格を考えれば、リリスとは完全に水と油だった。

(二人の表情が物語っているわね)

扇で隠してはいるものの顔をしかめるエリザベスに対し、リリスはニコニコと笑顔のままだ。

「ご招待いただけたとき、わたし、嬉し過ぎて何度もクラウディアさんに確認してしまいました」

「あなたは単なるオマケよ。わかっていると思うけれど、本日はあくまで個人的な集まりです。公の場に、サンセット侯爵家があなたを招待することはないわ」

血筋を重んじるサンセット侯爵家は、一代男爵の娘であるリリスを認めていない。

今回の招待も、侯爵家が跡継ぎをエリザベスの弟に決め、エリザベスが本邸から離れへ移ったからできたことである。

それもエリザベスがというより、クラウディアの後見人がもう一人の後見人を誘ったという形だ。

「はい、継母の立場でありながら、こうしてパトリック夫人とクラウディアさんと並んでお茶を飲めるのが夢のようで……」

リリスにしてみれば、個人的とはいえ、エリザベスに立場を認められたのが重要だった。特例的な王妃を除いて、力ある上級貴族に認められたのは、はじめてだったのだ。

感極まって瞳を潤ませるリリスに、エリザベスはふう、と息を吐く。

「感謝ならクラウディアにすることね。クラウディアがいなければ、交わることのなかった縁ですから。第一に、利益もなく他人を招待することはあり得ません」

ただ顔合わせのためだけに開かれた懇親会ではないという。

では何のためか？　問うような視線に、クラウディアは答える。

「本邸への、次期当主へのアピールのためでしょうか」

もっといえば、エリザベスの弟への。

エリザベスは現王妃と懇意だ。次期王太子妃、未来の王妃とも繋がりが深いとなれば、たとえ存在が目の上のたんこぶになっても、無下には扱えなくなる。

「憎たらしいけど、正解よ」

「そこは素直に褒めてくださいませ」

「嫌だわ、減らず口まできくようになって」

クラウディアを煙たがるようにエリザベスは扇をあおぐ。けれど気分を害していないのは、誰の目にも明らかだった。

「現当主は、リンジー公爵家が力を持つことに否定的です。サンセット侯爵家としては、今後もそうでしょう。だからといって実利を無視するほど愚かではありません」

だから現当主も、最終的には王妃の説得に応じた。

クラウディアが王太子の婚約者である以上、繋がりがあるに越したことはないのだ。

「クラウディアが提示した商館での特産品の取り扱いも大きいでしょう。よく考えたものです。小さな石でも、水面に波紋を広げられるのを目の当たりにさせられました」

「あ、ありがとうございます」

要望通り素直に褒められるとは思わなくて、一瞬反応が遅れる。

「ふふん、いつも今ほど殊勝であれば良いのですよ」

クラウディアに一矢報いた面持ちのまま、エリザベスは続ける。

「弟が次期当主として認められ、わたくしがクラウディアの後ろ盾となったことで、サンセット侯爵家内において生家の発言力は強くなりました」

分家の中で、頭一つ分――いや、二つ分は抜きん出たという。

「本家は面白くないでしょう。現に当主は、弟の次代をわたくしの子に指名しました」

血筋からいえば、本家嫡男の息子であるのだから順当だ。

生家も異論はない。

「しかし、これは弟夫婦に子どもがいないからに過ぎません」

エリザベス自身、結婚してから十年以上、子宝に恵まれなかった。この先、弟夫婦に子ができないとは限らない。

「子が産まれれば、自分の子に跡目を継がせたいと思うのが親というもの。生家としても実権を握る絶好の機会です。噂によると、精力剤を取り寄せたという話もありますからね」

離れに住まいを移しても、本邸にしっかり情報の根を張っているところにエリザベスの強かさが窺えた。

「娘が産まれれば、わたくしの子の嫁に。息子なら、当然権利を主張してきます。そのとき、わたくしに力がなければ困るのです」

クラウディアの回答に対する答え合わせにしては、赤裸々だった。

自分の弱みを教えているようなもので、思わずクラウディアはリリスと目を合わせる。

視線を戻した先で、エリザベスの真剣な表情を見てハッとする。

（賭けに出ておられるのだわ）

事情を知ったクラウディアが、リリスが、どういう行動に出るのか。

相手の弱みにつけ込もうとするのか。

（試されているとも言えるけれど、弱みを告白した以上、エリザベス様のほうが分が悪いわ）

エリザベスと真正面から向き合うため、クラウディアは居住まいを正す。

そしてリリスに倣って微笑んだ。

裏が全くないことを示すように。

「わたくしたちは一蓮托生ということですわね」

今後クラウディアとの繋がりは、強みになるとエリザベスは判断した。

他の言い方をするなら、クラウディアが権威を失うのは何としてでも避けたいということだ。

弱みの告白は、一転して、味方としての宣誓でもあった。

エリザベスが肩から力を抜く。

「あなたは欲しい答えをくれるのね」

「先に腹を割って話してくださったエリザベス様に応えただけですわ。ときに、エリザベス様は跡目についてどうお考えですか？」

親なら継がせたいものだとエリザベスは語った。

けれど続く内容は生家の考えに過ぎず、この言葉も彼女自身の考えではないように感じられたのだ。

「我が子が望むままに、と考えているわ。元からパトリック様の後継として教育を受けていますから、このまま弟の後継としても自負を持つでしょう。彼が望んだ先で、壁が立ち塞がるなら、わたくしは全力で壁を取り除く所存よ」

でも、きっとあなたが聞きたいのは別の答えでしょうね、と手に持っていた扇を置く。これでエリザベスの顔を遮るものはなくなった。

「わたくしとしては正直、距離を置きたいわ。血筋についてはもう考えたくないの」

物心ついてから、ずっと、パトリックやアレステアの血筋を象徴する金髪と紫目が羨ましかった。分家であるにもかかわらず、なぜ、自分の髪は鈍色なのかと悩み続けた。

だというのに、人生の折り返し地点を過ぎた頃になって、先祖返りであることが判明した。それも最悪な形で。

もう血筋に振り回されるのはこりごりだった。

「本当に嫌な子。どこまでわたくしを丸裸にすれば気が済むのかしら……だけど、わたくしも誰かに聞いてほしかったのでしょうね」

自分の本心を。

言いたくなければ先の答えだけで口を噤んでいたと、エリザベスもわかっていた。長年、上級貴族として社交界に身を置いてきたのだ、言葉を濁すのはお手のものだった。

「このまま、わたくしにあたっていただいても文句は言いませんわ」

「よしてちょうだい、余計にみじめになるだけよ。他人にあたるのも、結局は裏返しなんだから。自分への不満をぶつけているに過ぎないわ」

そこでエリザベスはリリスへ矛先を変える。しんみりした空気を一新したいと思ったのだろう。

「だからリリス様も、何を言われても気にするだけ無駄よ。特に生まれについて口撃してくる人は、それ以外については申し分がないと言っているのと同義だと考えなさい」

誰も表立っては言わないが、実子であるフェルミナの存在も口撃の対象になり得た。クラウディアとそりが合わなかったことは、令嬢たちの間では有名だ。公爵という身分は実子にも不相応だったため、社交界から抜けることになったのだという陰口もなくはない。

けれどあくまで陰口なのは、修道院に入っているからである。

訳ありの娘が入れられることは貴族の間で常習化しているものの、本来修道者になるのは敬虔なおこないとして敬われる。だから隠れ蓑にもなるのだ。

そのためフェルミナも実際の立場はどうであれ、表向きは敬虔な修道者として扱われた。

エリザベスは、そういった陰口も含めて無視しろと言う。

「はい、ご助言をしかと胸に刻みます」

「そこは婉曲に、余計なお世話よ、と返してほしいところだけど」

「リリスさんはこういうお人柄なので、ご容赦くださいませ」

嫌みの応酬に慣れているためか、どうも反応が物足りないようだ。歳の割に素直過ぎる、とエリザベスの表情が語っていた。

「聖女認定されるのは、リリス様のような方かもしれないわね」

「確かに……」

ときに教会は、聖女を認定してきた歴史がある。百年に一度あるかないかの希少さゆえ、聖女本人と会ったことはエリザベスもクラウディアもない。

けれど、なんとなく、生まれや妬みを別にして、人に忌避感を与えないリリスの印象が聖女像に合う気がした。

二人の視線を受けたリリスは、何度も首を横に振る。

「そんなっ、恐れ多いです……！　わたしは一番かけ離れた存在ですよ。自分が不誠実な人間であることは、よくわかっていますから」

父親とのことを言っているのは、指摘するまでもなかった。

リリスの様子を見て、エリザベスが片眉を上げる。

「あら、身の程を弁《わきま》えているのね」

「当然です」

「ならば公爵夫人である誇りも持ちなさい」

ピシャリ、と放たれた言葉に、リリスは返答できなかった。

今の立場に負い目を感じている彼女にとって、それがいかに難しいことかを察する。

「クラウディアに報いたいと思うなら、まずはあなた自身の地盤を固めなくてどうするというのです」

社交界に限った話じゃない。

エリザベスはリリスの心に踏み込んでいた。

「反省は当然のこと。よくもまぁ、平民と言っても差し支えない者が、公爵を射止められたものです。それだけでもおこがましいのに、よもや妻帯者の相手になるなど、考えるだけでもおぞましい」

紛れもない、既婚者としてのエリザベスの言葉だった。

「これで平然としていられるほうがおかしいのです。けれど事情はどうあれ、リリス様、あなたはリンジー公爵夫人に他なりません。もう一代男爵の娘だったリリス様ではないのです」

ならば上級貴族として、誇りを持つのが当然のこと。

「開き直れと言っているのではありません。自分の至らなさを認めるのは結構。けれど公爵夫人としての誇りまで穢さないでいただきたいわ。誰でもない亡き公爵夫人のためにも」

リリスに面と向かって母親のことを言った人を、これまで見たことがなかった。

母方の祖父母が口を出しそうなものだが、父親がリリスを思い、徹底的に遮断していることから、周囲も自然と禁句にしていた。

それだけ公爵の意向が周囲へ与える影響は大きいのだ。

「亡き公爵夫人のためにも……」

エリザベスの言葉を復唱するリリスの目に涙が浮かぶ。

「わたし、どうしたら……どうしたら償えるのか。クラウディアさんにも迷惑をかけて……っ」

「だから誇りを持ちなさいと言っているのよ」

「無理ですっ、わたし、わたしなんか」

贖罪として、リリスはクラウディアに報いることを選んだ。

けれど、それはリリスの心にとって、答えの出ない問題の先送りでしかなかった。

クラウディアはそれでも良いと思った。彼女なりに前を向けるならと。

(リリスさんが求める許しを、わたくしもお兄様も与えられないもの)

母親からとなれば不可能の極みだ。

逆行したクラウディアにリリスへの恨みはない。だからといって罪を許すのかは別問題だった。

父親のことも許してはいないように。

顔を近付けて話すようになっても、心のどこかではお互いに線を引いている。

あえてクラウディアが踏み込まなかった部分に、エリザベスは気付いた。そして彼女はそれでは心許ないと判断したのだ。

「甘えられる立場だとお思い？　許しを得るなんてもってのほかです。償いを口にするのなら、贖罪と誇りを両立させてみせなさい。簡単にできるとは一言も言っていませんよ。重ねて、わたくしが本日招待したのはリンジー公爵夫人であることをお忘れなく」

リリス個人ではなく、公爵夫人として考え、言葉を発せと言っていた。

先ほどとは打って変わって、それはクラウディアやエリザベスにとっては得意分野であり、リリスが苦手とすることだった。

「心が伴わない言葉は軽く受け止められるものです。だから詐欺師は、嘘を自分でも信じ込むというではありませんか。いいですか、わたくしたちは一蓮托生なのです」

だからこその追求だった。

エリザベスなりの叱咤激励とも言える。

最後の言葉に、リリスは目に浮かんだ涙を拭う。

改めてエリザベスと向き合うときには、表情が引き締まっていた。

「どうか、これからもよろしくお願いいたします」

「少しは見られる顔になったかしら。全く、人を甘やかすのも大概にしなさいな」

後半はクラウディアに向けられた言葉だ。

「どうすれば父親の不倫相手だった継母と平然と会話できるのか、こちらが聞きたいぐらいだわ。存在を受け入れるのも程々になさい」

それぞれの立場があった。思い、考えがあった。

事情は複雑に絡み合い、中を覗けば白黒つけられないのが世の理だと、クラウディアは結論付けている。

エリザベスは、そんなクラウディアの柔軟性を一刀両断した。

「白黒つけて断罪なさい。あなたにはその権利があるわ」

「決して、公爵令嬢という立場を守るために、心を殺しているわけではありませんわ」

これもクラウディアのことを思っての発言なのは理解していた。リリスとは逆に、自分の心を優先しろというのだ。

しかしクラウディアの中では、既に決着がついていることだった。

「そうなのでしょうね。父親とも上手く距離を保って付き合っていると聞いています。わたくしなら到底できそうにもないわ。正直に言って歪《いびつ》よ。恐ろしさすら感じるわ」

大人な対応を取ることを褒められこそはすれ、否定的に論じられるのは新鮮だった。

恐ろしいと評されても表情を変えないクラウディアを見て、エリザベスは溜息をつく。

「はぁ、どこまで達観しているのやら。分家の年寄り連中のほうが子どもに見えるわね」

「さすがにそれは過分ではありませんか？」

逆行して人生をやり直した分の年齢を足しても、お年寄りには及ばない。

ただ娼婦として色んな客の人生を見てきた経験が、達観に結びついている自覚はあった。それらを足せば、もしかしたら。

とはいえ。

「わたくしは、わたくしとしか言えませんわ」

笑みを浮かべるクラウディアに、エリザベスは首肯してリリスを呼ぶ。

「これよ。この公爵令嬢として、揺るぎない姿勢を見習いなさい」

「はい！」

いつの間にか、エリザベスとリリスに師弟の関係が築かれていた。

心なしか、リリスの瞳が輝いて見える。

「あの、パトリック夫人。もし差し支えなければ、個人的な場ではお姉様とお呼びしてもよろしいでしょうか？」

クラウディアさえ予期していなかった申し出に、エリザベスは固まった。

遠慮ない叱責に、リリスは感じ入るところがあったようだ。

こほん、と一呼吸置いて、エリザベスは頷く。

「公爵夫人からお姉様と仰がれるのも悪くないわね。いいでしょう、個人的な場に限り許可します」

「ありがとうございます！」

エリザベスも満更でない様子に、何だかんだリリスのことを気に入っていたのがわかる。

はじめは水と油に感じられたというのに。

（やはり白黒つけられるものではないわ）

エリザベスには、エリザベスの。クラウディアには、クラウディアの考え方があった。

助言は有り難く受け止めながら、いつも通り心の中で消化する。

「ところでお姉様、一つよろしいでしょうか？」

「何かしら？」

「お茶に手違いがあったようです」

リリスの言葉を受け、クラウディアはカップを覗く。

彼女の手元にあるカップには、色濃いお茶が入っていた。

「あなたたち、事前に打ち合わせてきたの？」

「まさか。エリザベス様がわたくしにしたのと同じことを、リリスさんにするなんて考えもしませんでしたわ」

思いだすのは、お妃教育を兼ねて、エリザベス主催のお茶会に招かれたときのことである。

嫌がらせで、クラウディアには渋いお茶が用意されていた。

屋敷に帰ってから、何があったのかはリリスにも報告したが、返した言葉までは伝えていない。

「てっきり真逆の反応をするかと思ったら、一言一句、同じだなんてことがあるのね」

「えっ、あっ！　これが、あの姑が嫁にする嫌がらせですの？」

一人遅れて事態を呑み込めたリリスは、感激して見せる。

「わたしにもこういう機会があると思いませんでした！　経験できて嬉しいですわ」

「喜ぶこと、なのかしら？」

正解がわからなくなってきたわ、とエリザベスは額に手をやる。

苦悶するエリザベスを、リリスはただただ嬉しそうに目を細めながら見つめた。

「お姉様は、わたしにはじめての経験をたくさんくださるのですね」

「……」

クラウディアが経験した夫人だけのお茶会の席で、エリザベスは意地悪なキツネのようだった。

それが今や眉尻を落としている。

（わたくしのフォローなんて必要なかったわね）

最初にエリザベスが感じた通り、彼女にとってリリスは手強そうだった。

暗殺者は異母兄弟と交渉する

「あー、髪切りてぇ」

「寂しいこと言わないでください」

腰まで伸びた髪が邪魔だと言えば、端正な顔がしゅん、と眉尻を落とす。

こういった表情を見ると、どれだけ似ていると人から評されても信じられなかった。

野良猫でも保護され、家猫になれば顔つきが変わるのだ。育つ環境が違えば、仮に双子であっても見た目に変化が出るものではないか。

自分と目の前にいる要人——スラフィムに至っては、母親すら違うというのに。

（つっても、おれも一目で同じ顔だってわかったんだよな）

暗殺の依頼を請け、向かった先でルキは、標的が腹違いの兄弟だと知った。自分と瓜二つの顔を見付けたときは、どれだけ驚いたことか。

貧民街で育ち、犯罪ギルドの構成員として暗殺者になったルキ。

正妻の子として産まれ、アラカネル連合王国の王太子として育ったスラフィム。

天と地ほど環境の差があるにもかかわらず、ルキはスラフィムの影武者を務められた。

髪を切るのは、もう影武者はしないという暗示でもある。

「前は実入りが良かったけどよぉ、状況が変わっただろ？」

在籍する犯罪ギルドがクラウディアことローズの指揮下に入ったおかげで、やることは大して変わっていないが、環境が格段に良くなった。

ちらりとスラフィムがテーブルの上に積まれているものへ視線を向ける。

何気ない所作に気品を感じるのは、姿勢の良さから来るものだろうか。ルキはスラフィムの細かな動きを記憶する。貴族の集まりに潜入する際にも、こうした記憶は役立った。

（つくづく場違いな奴）

今、ルキとスラフィムがいるのは、犯罪ギルド「ローズガーデン」の地下アジトだ。

飲み屋街の真下に設けられ広さはあるが、風通しが良くないため、かび臭さは拭えない。

昼間でもランタンなしでは視野を確保できないジメジメとした場所に、爪先まで手入れの行き届いた人間がいるのは不釣り合い過ぎた。手入れ担当の侍女が見たら発狂もんじゃないかと思う。

「確かに、以前は見かけないものが増えました。これは……？」

「おまえでも知らねぇもんがあんのか」

意外に思いながら、積んであったものの一つを渡す。

片側を縄で結ばれた箱を受け取ると、スラフィムは宝箱を開けるが如く手を動かした。

「さすがに全知ではありませんから。間に張ってあるのは蝋《ろう》ですか？」

「あたり。蝋板《ろうばん》っていうんだとよ」

他にも言い方があるようだったがルキは忘れた。

パカリと開いた両側は同じ作りのものだ。

額縁のような枠に、絵画ではなく蜜蝋が張られている。絵画とは違い、中身を替える必要がないので正確には額縁ではなく、底板がくっついた木型だった。

大きさは、書籍ほどのものから、子どもの手のひらほどのものまで、いくつか並べて積まれていた。

案の出所はローズだ。

「先が尖ったものがあれば、蝋の部分に文字が書けるって品物だ。書いたあとは、ヘラで均せば元に戻せる。おまえが手にしてるのは、ガキが内職でこしらえたもんだ」

ルキをはじめ、ローズガーデンの面々は蝋板について存在すら知らなかった。そもそも文字を書ける人間が限られているのだが。

「小さいのは持ち運びに良いし、計算の補助やちょっとした記録に役立つだろ？　商人がよく使ってるらしい」

貴族ほどの上流階級になれば紙を使う。それでも経費を減らしたい者の間で、蝋版は根強い人気があった。貴族用のものともなれば、更に高級な素材が用いられる。

「なるほど、貧民街でできる仕事を用意したんですね。けれど製品を作るにしても売るにしても、利権があるのでは？」

犯罪ギルドが存在するように、商人には商人のための商人ギルドがある。製造や販売には商人ギルドへの登録義務があった。

「まぁ今までなら闇市で流すところだけどよ、そのへんはトップが上手く話をつけてくれたのさ」

出来上がったものを見れば、市場にあるものより粗が目立つ。

そこを逆手にとって、商人ギルドと交渉の場が設けられた。結果、模造品ではなく、粗悪品として売ること。また市場に出す際には、製造元を明確にすることが決められた。

話がまとまったのは、犯罪ギルドとしてではなく、王太子であるシルヴェスターの施策だったことが一番大きいだろう。現在、王家直轄領では、貧民街への支援として何が有効か、模索が続いている。具体的な案出しにはローズも参加していた。

また直接話を持って来るのが信頼しているローズだからこそ、ルキたち貧民街の住人は素直に協力しているのである。自分たちの暮らしを良くするためのものでも、基本的に住人たちは懐疑的で非協力的だった。

「市場で売るときは、現物も手に入る貧民街への寄付って形で出すんだ。質が悪い代わりに名声が手に入るって寸法さ。逆に名声がほしい客にとっては、現物が証明になる」

貴族でなくとも、徳を積みたい人間はいる。弱者を助けることは良いおこないとして教義でも教えられていた。

今まで修道院へは寄付する場所が設けられていたが、貧民街へはなかった。物乞いに小銭や食べ物を恵むのが精一杯だったのである。

それが商人ギルドの許可を得たことで、商売を介し、寄付をする場所が小さくとも設けられた。

ルキの言葉に、スラフィムは良案だと頷く。

「しかも市場で手軽に寄付できるのなら、一般市民もハードルが下がりますね」

買い物のついでに寄付ができる。その上、口先だけではないと現物を見せられるのだ。

不要になった蝋板は解体し、燃料にしてもいい。

「実際に利益はあるんですか？」

「ぼちぼちだな。バカ売れとまではいかねぇよ」

蝋板の市場を壊さないよう、特別安くは売られていない。

利益が出ているのは、木型に捨てられる端材を使ったり、リンジー公爵家などから蜜蝋を寄付してもらっているおかげだった。蜜蝋も製品段階では安価な植物オイルと混ぜて使われている。

「けどまぁ悪くはねぇ。ガキ共も、物乞いするより楽しそうに作ってるしな」

貧民街の子どもにとって、路上は安全とは言えない。薄汚い格好をしているというだけで、蹴られたりもするのだ。汚物を見るような目に晒されることなく賃金を手に入れられるなら越したことはなかった。

ルキたちだけでは、できなかったことだ。

（知識がねぇもんな）

普通、がわからない。

食うに困らない人間が何を考え、欲し、生きているのか。

加えて、そういった人間と対等に話すことさえ許されないとなれば八方塞がりである。

（おれがもっと上手く立ち回れていたら違ったのか）

自分の顔が良いことは子どもの頃から理解していた。変態に追い回されるくらいだ。

盗んだもので身なりさえ整えれば、いくらでも紛れ込むことはできる。一般人と話し、情報を集められていたら。

現実には無理な話だった。

まず教育を受けていない人間は、俯瞰《ふかん》的に物事を見るのが難しい。

今を生きるのが精一杯で、明日のことなど考えていられないからだ。情報を集めるにしても、何の情報を集めればいいのかルキにはわからなかっただろう。

こうして、たられればを考えられるのも、余裕ができたからだった。

（結局おれたちでは限界があるってか。やってられねぇな）

貧民街に落ちたが最後、這い上がる術《すべ》はない。いや、なかったというべきか。

国は国で排除するのではなく、支援を考えてくれているのを知った。

信頼関係がなかった頃は、外部の――国から派遣された人間と関わりを持とうとしなかった。金目のものを持っていそうだと襲ったこともある。そんな状態で事務事業が捗るわけがないのだ。

ローズを介し、ようやく貧民街の住人たちも視野が開けてきていた。

もしかしたら自分たちにも希望があるのかもしれないと考えるようになった。

（ローズの姉御さまさまだな）

信頼できる後ろ盾があるだけで、こうも生活が変わるとは。

最初は、ナイジェル枢機卿の支配下から抜け出せるだけで良かったのに。

ルキが考えに耽っている間、スラフィムは大小それぞれの蝋板を検分していた。

「気に入ったのか？」

「はい、特に一番小さいものは、ちょっとしたメモを取るのに良さそうです」

「あー、でもおまえんとこだと使えねぇかもよ」

「どうしてですか？」

「寒いだろ」

「なるほど、蝋が弱点でしたか」

全てを言わなくてもスラフィムは理解する。

(これだから頭の良い人間は面白みがねぇ)

答えを勿体ぶることができなくてルキは鼻白んだ。

スラフィムが察した通り、蝋は気温が下がるほど硬くなる。すると文字——特に曲線を書くのが難しかった。

「書きにくいときは温めれば良いとしても、そっちじゃ手間だろ？」

小さいサイズなら、手で包み込めばいい。けれど手袋をする地域では、簡単ではないだろう。

使い勝手の問題から、スラフィムの住む寒冷地では蝋板が知られていなくても当然かと、今更ながらにルキは考えつく。

しかし呆気なくスラフィムは打開策を見付けた。

「確かに。あぁ、でも方法はありそうです」

「どうすんだ？」

「こうして懐《ふところ》に入れておくんです」

言うなり、小さいサイズを胸に収める。気温が弱点なら、体温で温め続けていれば良いという発想だった。

「これでも冬の外気温には取り出した瞬間に負けるでしょうが。屋内で使う分には、自分の国でも役立ちそうです」

「なら買って帰るか？」

高級品を、という意味での問いだった。

スラフィムは穏やかな笑みを返す。

「はい、折角ですから、寄付させていただきます」

テーブルに積んであるものを全て買い取っていく勢いである。

「燃料にするのか？」

「まさか。ケガをしないようトゲの処理などはおこないますが、このまま使います」

「王太子が粗悪品を使うなよ」

「お土産は高級品にしますが、自分が使うなら寄付の対価であるほうが心証が良さそうですから」

「腹黒……」

言われて納得する。

施策に協力している貴族からしてみれば、悪い気はしないだろう。スラフィムの腹黒さが透けていても、自分にとって損ではない。

(純粋な奴は、スラフィムの博愛を信じるだろうしな)

けっ、と唇を歪めるが、元からスラフィムはそういう人間である。

むしろ損得勘定が成り立つからこそ、付き合いは続いていた。

「話を最初に戻しますが、生活が安定してきたため、現在の報酬では物足りないという解釈であっていますか？」

髪を切る云々の話だ。

大分遠回りしてしまったが、本題はそこだった。

前は少しでも金が欲しかった。貧民街の子どもや病人を食べさせるのに、いくらあっても足りなかったからだ。今は全てを自分で賄う必要がなくなっていた。

「話が早くて助かるよ。邪魔なのは確かだ、手入れも面倒この上ないっての」

影武者を務める以上、日頃のメンテナンスも欠かせない。スラフィムは侍女がやるだろうが、ルキは全て自分でこなさないといけないのだ。

「ふむ、値上げについては前向きに検討しましょう。但《ただ》し、一つ条件があります」

「なんだよ」

「一度、国の王城へ」

「断る」

スラフィムが言い切る前に遮った。

ルキにとっては、ローズガーデンのトップ代理を務めるベゼルが育ての親であり、貧民街で一緒に育った仲間たちが兄弟だ。家族も家も、すべてここにある。

血が繋がっているというだけの理由で、会ったこともない人間と対面するなんてスラフィム一人で十分だった。

ルキの拒絶に、スラフィムは苦笑を浮かべる。

「弟や妹たちだけでも会ってもらえませんか？　誓って拘束はしません」

ルキの存在は向こうの家族に知られており、中でも兄弟たちが会いたがっているという。前々から打診はあり、断り続けていた。

「だったら連れて来れば良いだろ？　何でおれが出向かねぇといけないんだよ」

「連れて来れば会っていただけますか？」

「はんっ、こんな肥《こえ》だめに、可愛い弟や妹を連れてくる奴の気がしれねぇな」

「彼らにも社会勉強が必要ですから」

「マジで言ってんのか？」

以前なら、王城には行かない、というところで話は終わっていた。

「いつまでも子どもだと思っているのは、自分や親だけのようで。最近は一緒に行くといってきかないんです」

「だからって無理だろ」

貴族街に滞在するのとはワケが違う。たとえ一時の訪問だとしても。

「それに見世物になる気はねぇ」

「もちろん、自分たちとは違う世界を遊び半分で見学させるようなことはしません。貧民の多さではアラカネル連合王国も負けていないでしょう。今回、シルヴェスター殿下の施策を見て、自分も勉強させたい気持ちが強くなりました」

色々なやり方があることを見せたいのだという。

ルキにとってはこの場所が全てだが、貧民の事情がその土地によって違うらしいことは聞いていた。国が支援方法を模索しているのも、それが理由である。

「はぁ、わかったよ。勉強がてら連れて来たら会ってやる。んで、報酬はいくら上げてくれるんだ？」

「ありがとうございます。こちらでどうですか？」

早速、蝋板を使って提示された値段に、ルキは片眉を上げた。

「おまえ、ケチ過ぎねぇ？」

「ご存じの通り、クラウディア嬢の商館を介した農業の取り組みははじまったばかりです。利益が出るようになるのは、もっと先の話でしょう。こちらも潤沢に資金があるわけではありません」

「だからって、これはねぇだろ」

言いながら蝋板に書かれた数字をヘラで均すことによって消し、新たな数字を書き込む。

今度は受け取ったスラフィムがヘラを手にする。

異母兄弟の交渉は、しばらく続けられた。

少年探偵は公爵令息の相談に乗る

リンジー公爵家の馬小屋は広々としていて、馬がストレスを感じないよう配慮が行き届いていた。一頭ずつ馬房《ばぼう》に入れられているが、馬の好みに合わせて、わざと狭くしてあるところもあった。

ここなら安心して馬を任せられると、販売のため同行した父親も満足げだ。リンジー公爵家へ憧れを持っている祖父も来たがったが、いかんせん老体に長旅は耐えられそうになく、泣く泣く諦めた。

少年探偵キールは、縁あってリンジー公爵家から後見を得ている。しかし今日は探偵としてではなく、家業である牧場の手伝いで父親と共に屋敷を訪問していた。

駿馬《しゅんば》を育てていると知った公爵家の嫡男ヴァージルの求めに応じたのだ。

生育環境を見てもらうため牧場へ来てもらうほうが良いのだが、遠方ということもあり、今回は複数の馬を連れて父親と出向いた。運搬料を含めた経費は買い手持ちな上、上級貴族からの呼び出しはたまにあることなので不満はない。

実家で育てている馬の主な販売先は貴族だった。

だから父親もやり取りには慣れているが、さすがに上級貴族の最たる公爵家を相手に緊張を隠せなかった。それも馬小屋に着いた途端、強張っていた肩が解《ほぐ》れている。嗅ぎ慣れたにおいに安心したようだ。

(人によっては臭い！　って一蹴《いっしゅう》されるけど)

特に面白半分で馬小屋を訪れる人間は、まず漂う獣臭さに顔を顰める。馬に限らず、獣ならそれぞれ特有のにおいがあった。

(そう考えると人間にもあって当然だよね。同族だから臭いとは感じないのか)

身綺麗にさえしていれば、においが気になることはない。

思春期の娘が父親の体臭を嫌うのは、近親だからと知ったときは興味深かった。間違いが起こらないよう、本能が距離を置こうとしているのだ。そして夫との子どもができると拒否感が消える。自分の子ども――父親からみて孫を守ってもらうために。

同じ人間なら気にならなくても、馬小屋を臭いと感じる一番の理由は、糞尿のにおいが消え切らないからだろう。人同士でも忌避するにおいだ。

そこへ馬単体のにおい、牧草のにおいが混じり合う。

馬の世話に慣れた人間にとっては、むしろ落ち着くにおいである。かくいうキールも、実家を思いださせるにおいに安らいでいた。

環境に問題がないことを確認したところで、ヴァージルに馬を選んでもらう。

キールの実家では、いかに相手が貴族といえでも買い手の馬小屋の環境が劣悪だった場合、馬を売らないことにしている。ときには圧力をかけると脅されることもあるが、馬が手に入らなくなって困るのは相手のほうである。環境が悪いところほど馬は早死にするというのに、次の馬を買えなくしてどうするというのか。

貴族の泣き所については祖父が熟知していた。そもそも商売をはじめるにあたり、ある程度の後ろ盾は得ている。

（子爵家からはじまり、うちも手広くなったもんだよね）

細々とはじまった家業だが、今では多方面の貴族から買い手の声が上がる。それだけ馬の質が良かった。速さを売りにしたのも功を奏していた。

戦時下では丈夫さに重きを置かれる。早馬など一部では駿馬も必要とされるが、今の需要ほどではない。水面下では色々あっても、平和な時代が続いているおかげだった。

（遂には公爵家とも取引したとなれば忙しくなりそう）

まだヴァージルが気に入るかはわからないものの、馬には自信がある。

ただあまり実家が忙しくなると、キールまで手伝わされそうなのが考えものだ。

一か所に留まり続けるのが苦手なキールにとって、家業は向いていなかった。販売要員として、方々へ出向くのをメインにするにも問題がある。

出先でほど、キールの特性が生きるからだ。

「良い馬だ」

栗毛の一頭を愛でながら、ヴァージルが呟く。

そして危うく躓きかけたところで、キールはぐいっと腕を引かれた。

ヴァージルが対処してくれなければ、今頃出来上がったばかりの糞の山へ突っ込んでいただろう。

「ヴァージル様、ありがとうございます！」

「君は相変わらずだな」

キールの特性「不運」については、ヴァージルも知っている。先のクラウディアの婚約式でも助けてもらっていた。

妹とお揃いの黒髪につり上がった目尻。青い瞳はときに、冷ややかに映る。

社交界では氷の貴公子と冷たいイメージで呼ばれているヴァージルだが、キールの中では違った。

(びっくりするぐらい面倒見が良いんだよね)

いい加減、キールに対し眉を顰めてもおかしくない。というより特性を聞いた時点で、嫌な顔をするものである。

(縁のあった子どもだからかなぁ)

クラウディアもヴァージルも、ここまで自分に良くしてくれる理由がわからなかった。

とはいえ、傍にいることで不運に巻き込んでいるのだ。

婚約式でバーリ王国の要人と顔を合わせる機会があった。

(レステーアって人からは、凄く睨まれたし)

青髪の綺麗な顔から、これでもかという圧をかけられたのを思いだすと背筋が震える。ヴァージルよりレステーアのほうが冷気に似合っていた。

クラウディアと親しいと聞けば、さもありなん。

むしろレステーアの反応が普通だ。

父親と話を進めるヴァージルの整った横顔を窺う。感情表現は乏しいが、貴族特有の高圧さを感じたことはなかった。

無事、二頭の契約がまとまり父親から笑みがこぼれる。ついでに一頭、老馬も引き取るようで、自称キールの助手のイゴールが呼ばれた。力仕事は筋肉バカの出番である。ただ交渉の席では邪魔でしかないので、荷馬車から離れないよう言い含められていた。

「キール、このあと時間はあるか？」

「予定はないので何なりとお申し付けください」

ヴァージルに呼ばれて応接間へ向かう。何か話したいことがあるようだった。

対面してソファーに座る頃には、紅茶とケーキが用意されていた。他にもクッキーなどの焼き菓子がテーブルの上に並ぶ。

実家では食べられない上質なお菓子に、キールは遠慮せず手を伸ばした。

「老馬の引き取りもしていたのは初耳だった」

「看取られる家もありますが、ぞんざいに扱われることが多いですからね。身勝手に森へ放逐される場合もありますから、余裕があるときだけ声をかけるようにしているんです」

皆がそうではない。長年の相棒だった主人は最期まで可愛がってくれようとするが、実際に世話をするのは馬丁《ばてい》だ。そして馬丁の質がいつも良いとは限らなかった。

また主人によっては、老後ぐらい馬房ではなく、広々とした場所で暮らさせたいと思う者もいる。

ヴァージルがこれに当てはまった。

ちょうど牧場に空きがあったため、キールの家で引き取ることになったのだ。

しかし、わざわざキールに聞かなくても良い話である。

本題に入るための前置きであることは察せられた。

（そんなに言い出しにくいことなのかな）

上品な甘さの生クリームを堪能しながら首を傾げる。

キールが一つ目のケーキを平らげたところで、ようやくヴァージルは口を開いた。

「最近、自分の存在価値が薄らいでいる気がするのだ」

「はい？」

予想だにしていなかった内容に、思わず聞き返す。

公爵令息、それも嫡男の存在価値が薄れることなどあり得るのか。

「いや、わかってはいる。女性同士でしか都合がつかないことがあるのは。俺が忙しいのを慮《おもんぱか》ってもくれているのだろう。しかし、しかしだ、ディーのために割けない時間などありはしないというのに」

「はぁ」

察するに、ヴァージルの言う存在価値とは、クラウディアの中での話だった。

どうやら頼られることが減っているらしい。

(根っからの世話焼きなんだろうか。クラウディア様に限っては特に)

不運持ちの自分に対する面倒見も良いくらいである。

実妹ともなれば拍車がかかるのは想像に難くない。何かしら背景があるのかもしれないが。

「ことあるごとに頼ってくれとは伝えている。だからこれ以上、俺が口を出すのは余計なお世話というものだろう。見守るしかないとわかっているのだが、義母と二人で楽しそうに会話しているのを見ると疎外感を覚えてしまうのだ」

リンジー公爵家は、家庭環境が複雑だった。

ヴァージルとクラウディアの実母が亡くなり、公爵が後妻を迎えたのはキールも知っていた。

「確かに女性だけの会話には入りにくいですね」

「そうだろう？　ふと視線をやると父親も同じように手をこまねいていて、アレと同じなのかと思うとさらに絶望する……」

頭を抱えるヴァージルに落ち込み過ぎじゃないかと思うものの、父親への感情については触れないことにした。キールの父親は今頃、公爵家と契約を結べてホクホク顔だろうが、関係性は人それぞれである。

「ヴァージル様は十分、クラウディア様の力になっていると思います。不安を感じるのは、接する時間が少なくなったからではないですか？」

「うむ……どうだろう。俺は昔から頼りない兄だったからな」

どうやら色々抱え込んでいるものがあるらしい。

(話を聞くだけなら、いくらでも聞くけど)

それぐらいお安いご用である。

きっとヴァージルも話を聞き流してくれる相手としてキールを選んだのだ。

けれど自分の中の探偵の部分が、できるなら解決したいと訴えていた。

クラウディアに直接声をかけるのは気が引けるなら――。

「ヘレンさんはどうでしょう？」

「ヘレンか？」

「クラウディア様とお義母様との会話にヘレンさんが入っていないなら、その隙に近況を訊ねるぐらいはできる気がします」

業務外や長時間にわたって時間を取るのは、ヘレンにとっても迷惑だろう。

しかしちょっとした情報交換という体なら受け入れられやすい気がする。

「ふむ、キールの言う通り、ディーのことを聞くならヘレンが一番だ」

今までも時折、情報交換はしていたという。

だったら、その延長で声をかけても不自然ではない。

「ただ自分でも鬱陶しいのは自覚している」

下手をしたら妹に固執しているように見えるだろう？　という言葉に、キールは否を返せなかった。その代わり。

「自覚しているうちは大丈夫じゃないでしょうか」

と、請け負う。

思いやりと取るか、余計なお世話と取るかはクラウディアが決めることだ。この場で答えが出るものではない。

けれどクラウディアなら、それとなく嫌なものは嫌だと告げる気がした。

キールから見て、互いに遠慮して思いを伝えられないほど、二人の心は離れていない。

「現にこうしてぼくに話すことで、クラウディア様と距離を保ちながら不安を解消されようとしてますよね？」

人に話すだけでも気は楽になるものだ。

ヴァージルの立場なら、いくらでもクラウディアの時間に介入できる。けれど、それをせず、他の方法を模索している。

ここまで自分の行動を客観視できている人なら、少しぐらいヘレンから話を訊いても許される確信があった。

というより、仮にヘレンが迷惑そうだと感じたなら、ヴァージルはそれ以上、踏み込まないだろう。この人なら大丈夫だ。

「ヴァージル様の心配は、杞憂《きゆう》に終わる自信があります」

トン、と胸を叩いて宣言する。

目尻を緩めて笑みを漏らすヴァージルの表情はどこまでも温かかった。

「普段は目を離すと何が起こるか心配になるが、不思議とキールの言葉は信じたくなる」

「任せてください！」

「調子が良いな。ほら、ケーキはまだあるぞ」

「わーい！」

食べきれなかった焼き菓子も包んでもらえると聞き、テンションが上がる。

帰りの馬車では、父親に指摘されてはじめて気付くことがあった。

「今日はキールの決め台詞を聞いてないな」

「別に決め台詞じゃないけど」

そういえば、と振り返って考える。

今日に限らず、ヴァージルと一緒にいるときは口にしていない気がした。

事前にヴァージルが不運の芽を摘んでくれるからだ。些細なことでも見逃さず、キールを助けてくれていた。

そんな人だから余計、思いが通じるよう願う。

本人が思っているほど、頼りなくはないと。

「まぁ、これからだよね！」

「おい、誰も期待はしてないぞ⁉」

父親の言葉に、ガタンッと馬車が揺れる。

またすぐにいつもの台詞は口をついて出そうだった。

あとがき

調子にのって、ヴィッセル神戸の年間シートを購入した、どうも楢山幕府《ならやまばくふ》です。スポーツは苦手なんですが、観戦は好きです。現地には行けておりませんが、出身地の奈良クラブも応援しています。

話は変わりますが、カバー袖にも書かせていただいた通り、ホラーやオカルトが好きです。みなさんはどうでしょうか。

私は小説で読むより、映画で観るほうが多いです。

和ホラーなら「リング」「残穢」、洋ホラーなら「ハッピー・デス・デイ」「ヴァチカンのエクソシスト」がお気に入りです。

小説では、ほの暗い雰囲気が好きで、恩田陸先生や館山緑先生の作品で癒やされています。

最近、コミックで田辺剛先生の「ラヴクラフト傑作集」を読みました。やっぱり「狂気の山脈にて」はいいですね。クトゥルフも推し。

オカルト系は、ゲームで触れている気がします。「パラノマサイト」はいいぞ。

ニャルラトホテプをはじめて知ったのは、ペルソナ2でした。罪と罰をみんなもやろう？

あと実況動画にもお世話になっています。家事の作業用BGMとして。

執筆中は、観られないのが残念です。イラストだと、作画中に流せるんですが。

多分、ホラー独特の空気感が好きなんだと思います。日常の中に溶け込んでいる何か。恐怖、狂気、そしてロマンを感じます。

普段は他のジャンルに触れているからこそ、定期的に、どっぷりホラーに浸りたい気分になります。

今巻のメインはお妃教育なのですが、オカルト要素もあるので、ジャンルで好きなものについて語らせていただきました。

日常的に読んでいるのは、ファンタジー、異世界恋愛、ミステリー、BLだったりです。またそちらも機会があれば、語れたらなぁと思います。

そうだ、オーディオブックが！　出ます！　あっ、あっ、もう語るスペースがない……！

続きはSNSで、感想を書きますね。声優さんは凄いぞ！

朗読という作品に携われて、とても嬉しいです。


ずっと応援してくださっている読者さんや家族、作品を形あるものにしてくださった出版社の方々、いつもありがとうございます。

そして、これからもよろしくお願いいたします。

みなさんにも、またお会いできることを祈って。

楢山幕府　拝

コミカライズ第４話試し読み

漫画：北国良人

原作：檜山幕府

キャラクター原案：えびすし

異母妹を虐め悪漢をけしかけたとして
断罪されたあの日
自分の無知と愚かさから
わたくしは娼婦に堕とされた
すべてはわたくしを陥れるための謀略——
紹介しようお前たちの継母になるリリスと
妹になるフェルミナだ

この異母妹に仕掛けられた罠――
フェルミナですっ
よろしくお願いします
この悪女をわたくしは超える――

第4話

こんなのあんまりです！
ガシャン
クラウディア様とヴァージル様のお気持ちをないがしろにし過ぎです！
喪が明けてすぐ愛人を……!!
父上の決定でも俺は受け入れられない
まっまぁ……
屋敷が賑やかになるのは
いいことではありませんの？

クラウディア様はもっと怒ってください！
これはあんまりです！
ビッ
ビリッ
私はまだ許せませんよ!!
みんなが怒ってくれるから冷静になれるのよね……
異母妹のフェルミナと継母のリリスが屋敷に来て２週間
一部を除き屋敷に大きな問題はなく平穏な日々を送っていた
この決定に動じないなんて
ディーは優しいな

あら
表面上だけ
ですわ
おほほ
そうか
相手の出方を
窺《うかが》ってみたけど
これと言って
何も出なかった
のよね
そもそも
わたくしが
嵌められたのは
わたくしの
性格に難が
あったから？
彼女の性格を
歪めた故の
断罪——？

だとしたら
完璧な淑女に
なりつつある今
あの子は
わたくしを
陥れる必要が
ないのかしら
怪しい動きが
あったら
タダじゃ
おきません!
ヘレン
ちょっと外の
空気を吸いに
行きましょ?
はっ
はいぃ!!
ヘレン

わたくしのために
そんなに
怒らなくて
いいのよ
はい……
リリス様は
とてもいい
方ですし
問題が
あるのは
お母様から
逃げた
お父様よ
そう
継母は
まともなのだ
だからこそ
フェルミナの
あの性格は
どこから
来たのか……

やはりわたくしが捻じ曲げたのかしら――
あら
ダンスのレッスンをされていたんですね
クラウディア様のほうが優雅ですけど

近いうちに王室主催のお茶会があるから

彼女はこれからじゃなくって？

対面時の挨拶の所作も粗があった
下級貴族から上級貴族になると
今までの知識では通用しなくなる

社交界は甘くはないわ
愛人の子という負い目もあって
立場上肩身だって狭い
このまま何もなければいいのだけど――

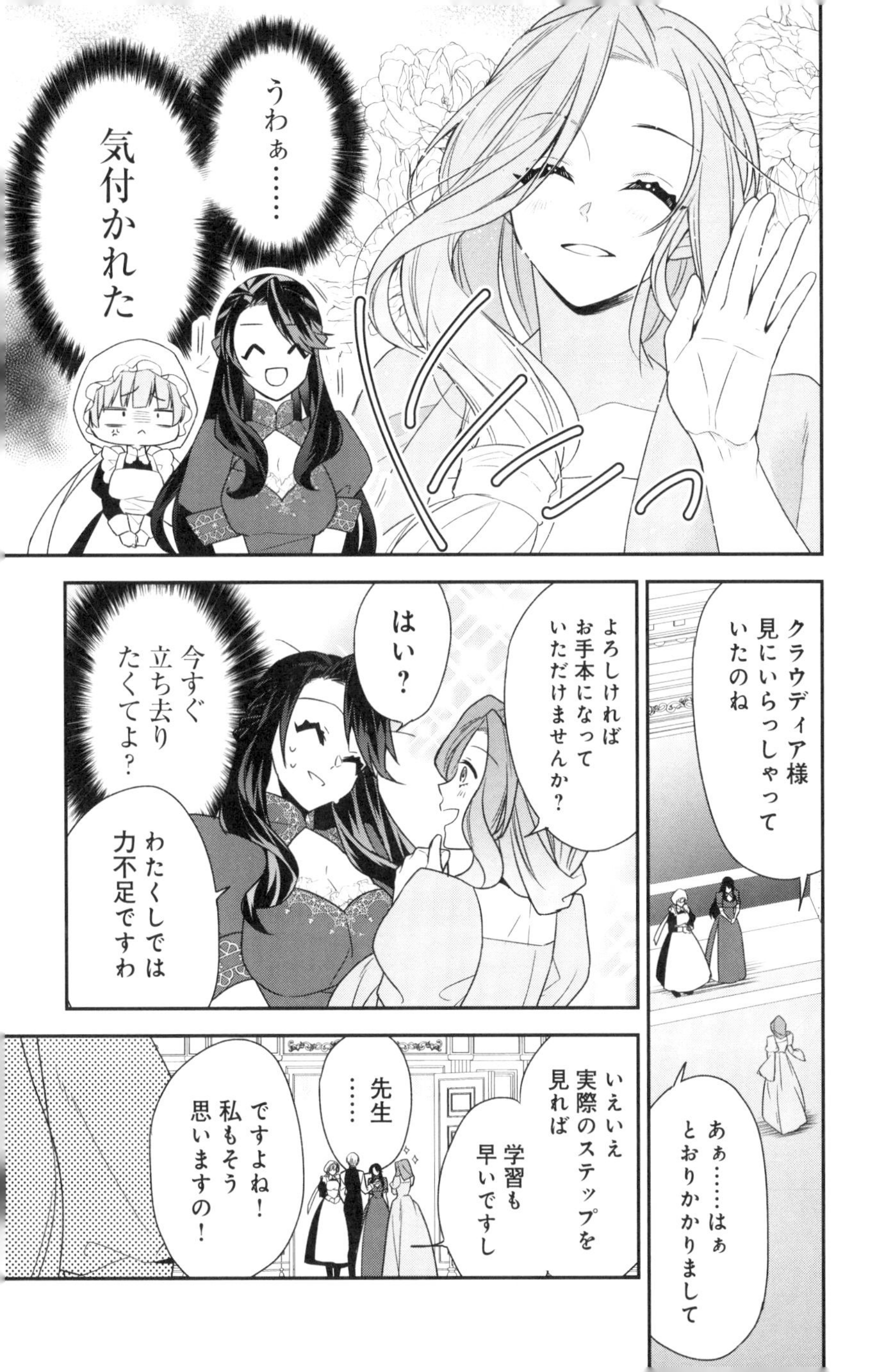
うわぁ……
気付かれた
クラウディア様見にいらっしゃっていたのね
あぁ……はぁとおりかかりまして
よろしければお手本になっていただけませんか？
はい？
今すぐ立ち去りたくてよ？
わたくしでは力不足ですわ
いえいえ実際のステップを見れば
学習も早いですし
先生……
ですよね！私もそう思いますの！

クラウディア様のステップはそれは優雅ですものね
ちょっとヘレン……
まぁ！ぜひ見てみたいですわ！
クラウディア様私からもお願いします
ええ……

まぁ素敵……
……
さすがですわ……

これくらいで
いいかしら
さすが
クラウディア様！
素晴らしいです
ドレスで
見られないのが
残念ですわ！
あ……
ありがとう
では
わたくしは
このへんで
レッスン
がんばって
くださいね
早いところ
退散させて
いただくわ——
こんなの
酷いッ!!

あたしが下手だからって
見せつけるなんてッ
フェ
フェルミナ!?
どうして意地悪するの
な……
何を言っているの
クラウディア様はあなたのお手本に
違うっ

あたしのことなんて
内心馬鹿にしてるのよっ
これはどういうことだ
クラウディア
酷い下級貴族はダンスも踊れないって
踊ったのは頼まれたからで……
わたくしは……！
なんの騒ぎだ

あ……
まずい
これではわたくしが虐め——
お兄さ
お兄様ッ
お姉様が……!
あたしに酷いことを
まるで虐めです……っ
CORONA EX
続きはコロナEXにてお楽しみ下さい!
TObooks

原作小説⑦巻2024年発売！
聖女の補佐役《アプリオリ》として
祭り前の禊《みそ》ぎが始まり…？
NOVEL
著 楢山幕府
イラスト えびすし
して完璧な悪女を目指す

コミックス④巻2024年発売！
悪辣な異母妹《いもうと》との決着がせまる
痛快ラヴファンタジー！
「さぁ、復讐劇《お祭り》のはじまりよ」
※3巻イラスト
COMIC
漫画 北国良人
原作 橧山幕府
キャラクター原案 えびすし
断罪された悪役令嬢は、逆

断罪された悪役令嬢は、逆行して完璧な悪女を目指す6

2024年5月1日　第1刷発行

著　者　楢山幕府

発行者　本田武市

発行所　TOブックス
〒150-0002
東京都渋谷区渋谷三丁目1番1号　PMO渋谷Ⅱ　11階
TEL 0120-933-772（営業フリーダイヤル）
FAX 050-3156-0508

印刷・製本　中央精版印刷株式会社

ISBN978-4-86794-159-1